Sonja Kaiblinger

Scary Harry
Von allen guten Geistern verlassen

Alle Bände von **Scary Harry**:

Band 1: Von allen guten Geistern verlassen
Band 2: Totgesagte leben länger
Band 3: Meister aller Geister
Band 4: Ab durch die Tonne
Band 5: Hier scheiden sich die Geister
Band 6: Hals- und Knochenbruch
Band 7: Knochengrüße aus Russland
Band 8: Zu tot, um wahr zu sein

Sonja Kaiblinger

SCARY HARRY

Von allen guten Geistern verlassen

Mit Illustrationen von Fréderic Bertrand

Band 1

Loewe

FSC
www.fsc.org
MIX
Papier aus verantwortungsvollen Quellen
FSC® C014496

ISBN 978-3-7432-1063-9
1. Auflage als Loewe-Taschenbuch 2021

Umschlag- und Innenillustrationen: Fréderic Bertrand
Umschlaggestaltung: Johanna Mühlbauer
Printed in Germany

www.scaryharry.de
www.loewe-verlag.de

Inhalt

STAUB-O-MAT

Eine nächtliche Gurkenlieferung

Alles begann, als Mr Olsen starb.

Dass Mr Olsen das Zeitliche segnete, war für keinen der Bewohner des Radieschenweges eine besonders große Überraschung – immerhin hatte er bereits seinen hundertzweiten Geburtstag gefeiert. Mr Olsen war vergesslich, litt an Blasenschwäche und verpasste keine Gelegenheit, seine Leiden in allen Einzelheiten zu schildern. Auch, wenn man gar nicht danach fragte.

Abgesehen von seinen Krankheiten hatte Mr Olsen noch ein anderes Hobby: seinen Radieschengarten. Als wollte er dem Namen der Straße, in der er wohnte, gerecht werden, ackerte er jeden Tag den Garten um, pflanzte Samen oder erntete reife Radieschen. Nach Sonnenuntergang griff er noch zur Gießkanne und wässerte seine Pflänzchen. Erst dann verriegelte er die Tür, machte das Licht aus und ging zu Bett.

Das war Mr Olsens Ritual. Otto konnte ihn jeden Tag von seiner Fensterbank am Dachgiebel aus dabei beobachten. Abends machte er es sich dort meist mit einem Kissen gemütlich und vertrieb sich die Zeit mit einem dicken Buch.

Während andere Elfjährige fernsahen oder Computer spielten, las Otto am liebsten Gruselgeschichten. Und wenn er danach nicht einschlafen konnte, holte er sein Fernglas und spähte in Mr Olsens Garten.

Die meisten Bewohner des Radieschenwegs hielten Mr Olsen für einen seltsamen Kauz, aber Otto mochte ihn. Der alte Mann und seine Radieschen halfen ihm dabei, richtig müde zu werden.

Doch an diesem Abend fiel Otto auf, dass etwas anders war. Mr Olsens Ritual verlief nicht wie sonst. Nachdem die Pflänzchen gewässert waren, setzte er die Gießkanne ab und richtete den Blick geradewegs in den nächtlichen Himmel. Eine Weile hielt er inne, dann, so schnell, dass Otto es kaum mitbekam, kippte Mr Olsen rücklings ins Radieschenbeet. Dort blieb er reglos liegen, den Blick immer noch gen Himmel gerichtet, während ein schmales Lächeln auf seinen Lippen lag. Beinahe so, als hätte er sich sein Ableben genau so vorgestellt.

Otto hatte noch nie zuvor einen Menschen sterben sehen. Und wenn es nach ihm gegangen wäre, hätte er liebend gern darauf verzichtet. Er fand sein Leben im Radieschenweg schon schräg genug.

Otto dachte kurz nach. Vielleicht irrte er sich ja und Mr Olsen war gar nicht wirklich tot? Aus Büchern wusste er nur ungefähr, wie Leichen aussahen. Er hatte noch nicht mal eine im Fernsehen gesehen, weil Tante Sharon ihm nicht erlaubte, Krimiserien anzuschauen. Er brauchte also unbedingt eine zweite Meinung.

»Vincent?«, rief Otto, ließ sich vom Fensterbrett gleiten und klopfte an die Tür des Eichenschranks, der in der Ecke seines Zimmers stand. »Komm raus. Das musst du dir ansehen! Ich glaube, mit Mr Olsen stimmt was nicht.«

In Ottos Schrank polterte es. Mit einem Knarren öffnete sich die linke Flügeltür und eine dunkelgraue Fledermaus schlüpfte durch den Spalt.

Selbst im Dämmerlicht konnte Otto sehen, wie ihre Augen golden funkelten. Abgesehen davon sah Vincent eigentlich aus wie jede andere Fledermaus. Gut, er wirkte vielleicht ein wenig mitgenommen. Sein Fell war an ein paar Stellen löchrig und seine zerschlissenen Flügelhäute blähten sich beim Fliegen wie die Segel eines alten Piratenschiffs.

»Mit Mr Olsen stimmt was nicht«, näselte Vincent

und klang, als wollte er sich über Otto lustig machen. Schlaftrunken hob sich das Tier in die Luft und landete auf Ottos Bettpfosten. »Als ob das Neuigkeiten wären! Was ist es diesmal? Hat er die Radieschen wieder zu oft gegossen?« Er überlegte. »Oder geht's um seine Blasenschwäche? Hat er sich angepieselt? Nein, ich hab's! Er hat in die Radieschen gepieselt.«

Otto schüttelte ernst den Kopf. »Nichts davon.«

»Hmpf«, brummte Vincent enttäuscht. Träge ließ er den pelzigen Kopf hängen. »Und weshalb weckst du mich dann? Ich hatte einen abgefahrenen Traum.«

»Du hast geschlafen?« Otto nahm seinen Blick von dem starren Mr Olsen und studierte sein Haustier. »Sind Fledermäuse nicht nachtaktiv?«

Vincent hob das Kinn. »Die in deiner Welt vielleicht, Klugscheißer.«

Otto seufzte. Manchmal fragte er sich wirklich, warum er Vincent immer noch in seinem Schrank wohnen ließ. Er war die reinste Nervensäge und außerdem keine normale Fledermaus. Vincent war noch nicht mal ein normales Tier. Er stammte nicht aus England, nicht von diesem Kontinent, und auch nicht von diesem Planeten. Vincent kam aus einer Welt, von deren Existenz Otto zwar wusste, die er aber noch nie betreten hatte. Und dort galten für Fledermäuse nun mal andere Gesetze.

»Wenn du schon mal wach bist, kannst du mir genauso gut sagen, was mit Mr Olsen los ist«, konterte Otto und deutete zum Fenster. »Ich glaube nämlich, er hat …«

Noch bevor er den Satz ganz ausgesprochen hatte, spannte Vincent die Flügel und glitt ans Fensterbrett. »… das Zeitliche gesegnet«, beendete er Ottos Satz. »Der alte Rübezahl ist tot. Mausetot. Scheint, als würde er sich sein Gemüse in Zukunft von unten ansehen.«

Otto schluckte. Also hatte er mit seiner ersten Vermutung doch recht gehabt. *Tot. Mausetot*, hallte es in Ottos Kopf und er spürte, wie ihm die Farbe aus dem Gesicht wich. Heute Nacht würde er garantiert kein Auge zutun. Schlaflos, ausgerechnet am Abend vor dem Biologietest. Mr Walker würde kein gutes Haar an ihm lassen, wenn er während der Prüfung einschlief. Von der Note ganz zu schweigen. Und dabei war Biologie sein Lieblingsfach.

»Jetzt guck doch nicht so, Otto. Du hast einen Teint wie Tante Sharons gepelltes Frühstücksei.« Vincent schüttelte den Kopf. »Mann, Mann, du solltest schon etwas härter im Nehmen sein. Ich dachte, du hast dich inzwischen an das Haus und die Bewohner gewöhnt.«

Otto antwortete nicht. Er wusste, dass er mit dem Jenseits und allem, was damit zu tun hatte, vertraut sein sollte. Kurz nachdem er in Tante Sharons Villa gezogen war, hatte er Bekanntschaft mit den drei Hausgeistern gemacht, und mittlerweile konnte er sie sogar richtig gut leiden. Tante Sharon ahnte allerdings nichts von ihrer Existenz. Niemand wusste von ihnen. Abgesehen von Ottos bester Freundin Emily. Die sah Tante Sharons Geister zwar nicht, aber übernatürliche Phänomene zählten zu ihren Hobbys, und deshalb glaubte sie Otto jedes Wort.

»Geister hin oder her. Das hier ist etwas anderes. Mr Olsen ist tot«, wisperte Otto beunruhigt. »Oder er wird es bald sein, wenn ihm niemand hilft.« Er rieb sich die Stirn und versuchte sich daran zu erinnern, was sie in der Schule über das Verhalten in Notsituationen gelernt hatten.

»Wo willst du hin?«, krächzte Vincent ihm hinterher, aber Otto hastete bereits aus dem Zimmer. Er lief durch den stockdunklen Flur und die Treppe hinunter in den ersten Stock, wo sich Tante Sharons altmodisches Telefon befand. Wie so oft hatte sich das Kabel verwickelt und Otto musste ein paarmal kräftig daran ziehen, bis er den Hörer an sein Ohr heben konnte. Eilig wählte er die Notrufnummer und wartete atemlos, bis sich am anderen Ende der Leitung jemand meldete.

»Wir haben einen Notfall.« Otto sprach so schnell, dass er sich beinahe verhaspelte. »Radieschenweg

Nummer zehn. Unser Nachbar Mr Olsen liegt im Gemüsebeet. Und er hat sich nicht bewegt seit – « Otto spähte zu der Wanduhr am Ende des Flurs. »Seit ungefähr fünf Minuten.«

Er wartete die Antwort ab. Die Frau am Telefon versprach, sofort einen Rettungswagen in den Radieschenweg zu schicken. Otto warf den Hörer auf die Gabel, rannte die Treppe hinauf und bezog wieder seinen Posten am Fenster.

Es verging keine Minute, bis ein stotterndes Brummen und Quietschen bis hinauf in Ottos Zimmer zu hören war. Ein Auto näherte sich mit enormer Geschwindigkeit.

»Der Rettungsdienst«, vermutete Otto und war ein wenig stolz darauf, dass er so geistesgegenwärtig gehandelt hatte. Das knatternde Röhren kam näher und um die Ecke bog ein klappriger weißer Transporter. Als er mit quietschenden Reifen vor Mr Olsens Gartenzaun hielt, stob eine dreckige Abgaswolke aus dem Auspuff. Es sah aus, als schaffte dieses Gefährt keinen weiteren Meter und sehnte sich nach der ewigen Ruhe auf dem Schrottplatz.

Vincent drückte seine Nase an der Fensterscheibe platt. »Spinne ich oder fahren diese Typen nicht normalerweise Wagen mit Blaulicht? Und mit vier Rädern?«

Otto sah genauer hin. Vincent hatte recht. Das schrottreife Auto vor Mr Olsens Haus fuhr auf nur drei Rädern, außerdem war die Fahrerkabine so winzig, dass kaum ein erwachsener Mensch darin Platz fand. Dafür besaß das Gefährt eine große Ladefläche, über die eine Abdeckplane gespannt war.

»Und guck dir mal den schrägen Typen an, der die Kiste fährt. Ich dachte immer, Ärzte in eurer Welt tragen weiße Kittel«, fuhr Vincent fort und deutete auf den Fahrer, der sich mühevoll aus dem Auto schälte. Er trug einen schwarzen Umhang mit Kapuze und wirkte im spärlichen Licht beinahe wie ein Schatten. »Vielleicht ist das Darth Vader? Oder ein Einbrecher?«, überlegte Vincent, als die Gestalt mit großen Schritten Mr Olsens Rasen überquerte. »War ja klar! Jetzt, wo der alte Kauz den Löffel abgegeben hat, wird er ausgeraubt. Hat sicher massig Kohle gebunkert. Das ist doch bei alten schrulligen Leuten immer so. Die haben Geldscheine unter der Matratze, Goldbarren im Kleiderschrank, …«

Otto hörte Vincents Geplapper nicht. Über Mr Olsens leblosem Körper war ihm etwas aufgefallen, das er noch nie zuvor gesehen hatte. Ein roter Ball aus gleißendem Licht schwebte über dem Kopf des Alten und erinnerte Otto an die Lebensanzeige in den Computerspielen, von denen seine Klassenkameraden ständig redeten.

»… Antiquitäten aus dem Krieg in der Vitrine, chinesisches Porzellan im Schrank …«

»Schhh«, machte Otto und versetzte seinem Haustier einen Stups mit dem Ellenbogen. »Guck doch, was da über Mr Olsens Kopf schwebt. Dieses kleine leuchtende Etwas. Ich finde, es sieht aus wie …«

»Ein Feuerball? Ein Ufo? Ein Zwergkomet?«, riet Vincent.

»Möglich«, murmelte Otto nachdenklich und bemerkte, dass auch der dunkle Gast von der gleißenden Lichtkugel angezogen zu sein schien. In Zeitlupe schlich er durchs taunasse Gras und näherte sich Mr Olsens Körper und dem Feuerball. Dabei griff er unter seinen Umhang, als wollte er eine Waffe ziehen.

Otto schluckte. Was ging hier vor sich? Inzwischen war er ziemlich sicher, dass es sich nicht um den städtischen Rettungsdienst handelte. Sanitäter liefen bestimmt nicht in altmodischen Kutten herum. Und schon gar nicht trugen sie unter ihrer Kleidung …

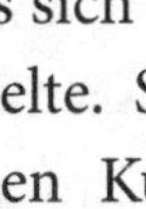

»*Ein Schmetterlingsnetz?*«, rief Otto.

»Hä?« Vincent hatte offenbar nicht aufgepasst.

»Dieser Kerl hat ein Schmetterlingsnetz dabei«, staunte Otto.

»Du hast recht«, stimmte Vincent verwundert zu. »Und sieh nur – unser Kleingartenganove hat es auf den glühenden Tennisball abgesehen.«

Der gruselige Typ im Umhang hatte keine Waffe gezückt, sondern tatsächlich nach einem gewöhnlichen Schmetterlingsnetz gegriffen. Damit fuchtelte er nun durch Mr Olsens Vorgarten, auf der Jagd nach dem leuchtenden Feuerball, der plötzlich wild zu zucken begonnen hatte. Immer wieder entglitt dem Fremden das rote Etwas, indem es sich in die Lüfte hob und wieder nach unten sank, als wollte es den unheimlichen Besucher ärgern.

Wider Willen musste Otto kichern. Es sah einfach zu komisch aus, wie dieser Spinner durch Mr Olsens Vorgarten hüpfte. Dabei landeten seine großen Füße einige Male im Radieschenbeet. Hätte Mr Olsen noch gelebt, hätte ihn der Anblick der zertrampelten Radieschen sicher umgebracht.

»Jetzt ist das Ding im Netz«, jubelte Vincent und klang wie Ottos Klassenkamerad Stan, wenn sein Fußballclub ein Tor geschossen hatte. »Er hat es geschafft! Der Irre hat den Feuerball gefangen!«

Otto stutzte. »Und was hat er jetzt damit vor?«

»Er bringt das Ding zu seinem Auto«, antwortete Vincent. Otto griff wieder nach dem Fernglas und beobachtete, wie der Fremde zu seinem Wagen schritt, seinen Ärmel über dem Netz, um den Feuerball nicht entkommen zu lassen. Im nächsten Moment zog er ruckartig die schwarze Abdeckung von der Ladefläche und bot Otto und Vincent freie Sicht auf sein Ladegut.

Otto stellte das Fernglas schärfer. Für einen kurzen Augenblick glaubte er, sein Verstand spiele ihm einen Streich. In seiner Fantasie hatte er eine ganze Menge gruseliges Zeug unter dieser Plane vermutet. Ein geheimes Waffenlager. Vielleicht eine Leiche. Aber doch nicht …

»Gurkengläser?« Otto blinzelte verdutzt. »Warum in aller Welt transportiert dieser Typ Gurkengläser?«

»Vielleicht ist er Gurkenverkäufer«, blaffte Vincent, als wäre das die einzig logische Antwort.

»Ohne Gurken?«, meinte Otto stirnrunzelnd. »Die Gläser sind leer.« Er sah genauer hin. »Obwohl … nicht ganz. Darin sind noch mehr dieser Feuerbälle.«

Otto und Vincent sahen zu, wie der nächtliche Besucher sein Schmetterlingsnetz über ein leeres Gurkenglas stülpte und Mr Olsens rot glühenden Feuerball hineinbeförderte. Anschließend schraubte er einen Deckel darauf.

»Abgefahren«, murmelte Otto. Er hörte gar nicht, dass das Geräusch eines Martinshorns näher kam. Sekunden später hielt ein Rettungswagen in Mr Olsens Auffahrt. Mehrere Sanitäter hüpften aus dem Wagen, schoben eine Trage aus dem Laderaum und rannten damit auf den leblosen Mr Olsen zu.

Der falsche Gurkenverkäufer ließ sich davon nicht stören. Als hätte er alle Zeit der Welt, stellte er den soeben gefangenen Feuerball ganz oben auf einen wackeligen Turm von Gurkengläsern und spannte die Plane darüber.

In der Zwischenzeit beugte sich ein Notarzt über Mr Olsens Körper. Ein paar Sekunden vergingen, dann wandte sich der Arzt betreten zu seinem Team um und schüttelte den Kopf.

»Tot«, bestätigte Vincent.

»Hm«, machte Otto geistesabwesend. Ihm war plötzlich ein neuer Gedanke gekommen, der ihn schaudern ließ. »Vincent?«, flüsterte er, ohne dabei den Blick von dem Transporter und der merkwürdigen, schwarz gekleideten Gestalt zu nehmen. »Der Gurkenglaswagen steht immer noch da.«

»Na und?«

»Sieh mal genau hin. Der Kerl mit der Kutte hat gerade sein Handy in eine Pfütze fallen lassen. Und jetzt regt er sich auf und versucht, das Wasser an seinem Umhang abzuwischen. Aber das Komische ist, dass niemand ihn beachtet. Beinahe so, als wäre er gar nicht da!«

Vincent überlegte eine Weile, bevor er sprach. »Denkst du, nur *wir* können ihn sehen? Bedeutet das, der Typ ist ein Geist?«

Otto schüttelte den Kopf. »Geister sehen anders aus. Sie schweben. Und latschen nicht in Mr Olsens Radieschenbeet. Er muss irgendetwas anderes sein. Irgendetwas dazwischen.«

Otto hatte ganze zwei Jahre gebraucht, um sich mit der Tatsache abzufinden, dass es Geister gab. Und nun tauchte plötzlich etwas Neues auf – weder Geist noch Mensch. Jemand, der womöglich gefährlich war. Jemand, der vielleicht sogar Mr Olsen auf dem Gewissen hatte.

Otto lief es kalt den Rücken hinunter. Das Blut pochte in seinen Ohren, während er zusah, wie der Fremde in sein Auto stieg und davonfuhr.

Selbst eine Stunde später, als auch der Rettungswagen verschwunden und wieder Ruhe eingekehrt war, kreisten Ottos Gedanken noch immer um den nächtlichen Besucher. Mit klopfendem Herzen lag er im Bett, während aus dem Schrank Vincents gleichmäßiges Schnarchen drang.

Eines war zumindest sicher: Tante Sharon würde über Ottos Biologienote morgen alles andere als begeistert sein.

Krisensitzung

Jetzt lass dir doch nicht alles aus der Nase ziehen«, beschwerte sich Emily und schulterte ihren Rucksack. »Erzähl mir mehr über diesen Gurkenglastypen, der gestern Nacht bei Mr Olsen war!«

»Ich sagte doch schon: Ich habe keine Ahnung, wer das war. Und außerdem keine Lust, darüber zu reden«, brummte Otto und kickte einen Stein vor sich her, der dieselbe grässlich graue Farbe hatte wie das Schulgebäude hinter ihnen. Ottos Laune war im Keller. Der Tag war eine einzige Katastrophe gewesen. In Bio hatte er nicht mal die Hälfte der Fragen beantworten können, außerdem hatte er letzte Nacht kaum ein Auge zugetan. Immer wieder war die Szene mit dem dunklen Besucher in Mr Olsens Garten vor seinem inneren Auge abgelaufen. Als Otto in den Morgenstunden eingeschlafen war, hatte ihn auch noch ein wilder Albtraum von glühenden Gurkengläsern geplagt.

»Aber mir kannst du es doch erzählen«, forderte Emily ihn auf. »Immerhin bin ich deine beste Freundin!« Ein wenig beleidigt fegte sie sich eine braune Haarsträhne aus dem Gesicht.

Otto seufzte. Er wollte nicht, dass sie sauer auf ihn war. Mit ihren verfilzten, ungleich langen Haaren und den altmodischen Klamotten, die sie ständig aus dem Fundus ihrer Großmutter ausgrub, hatte er Emily vom ersten Schultag an ins Herz geschlossen. Was man von den anderen Mitschülern nicht gerade behaupten konnte.

»Ach, ich weiß es nicht, Em. Allerdings hatte ich das Gefühl, dass dieses Wesen weder lebendig noch tot war. Es war irgendetwas, das ich noch nie gesehen habe.«

Emily blieb stehen. »Weder Mensch noch Geist«, flüsterte sie ehrfürchtig und ihre verschiedenfarbigen Augen funkelten. Die rechte Iris war blau, die linke braun. »Ich habe mir schon gedacht, dass es diesmal keine gewöhnliche Geistererscheinung war. So durcheinander hab ich dich noch nie erlebt! Nicht mal, als du hierhergezogen und Sir Tony zum ersten Mal begegnet bist. Weißt du noch, als er dir im Kleiderschrank aufgelauert hat, weil er dich für einen heimlichen Hausbesetzer hielt?«

Otto nickte ernst. Er wusste, wie sehr das Übernatürliche Emily faszinierte. Schon oft hatte sie versucht, mit wissenschaftlichen Mitteln die Existenz von Geistern zu beweisen. Bisher ohne Erfolg.

»Sagtest du nicht, Vincent hätte diesen Besucher auch gesehen?«, bohrte sie weiter. »Hatte er denn keine Vermutung, was das für ein Wesen gewesen sein könnte?« Sie beschirmte die Augen und sah sich suchend nach Ottos Haustier um. Als die beiden die Schule verlassen hatten, war Vincent aus Ottos Schultasche geschlüpft und flatterte nun von einem Sendemast zum nächsten. Krähen erhoben sich schimpfend von ihren Pfeilern, wenn Vincent im Sturzflug auf sie zuraste.

Otto machte eine wegwerfende Handbewegung. »Vincent hat doch keine Ahnung von Geistern«, erklärte er. »Zum einen ist er nur zur Hälfte eine Geisterfledermaus, darum können gewöhnliche Menschen ihn wahrnehmen. Obwohl es manchmal besser wäre, sie könnten es nicht.« Otto brummte. »Und zum anderen hat man Vincent schon vor dreihundert Jahren aus dem Jenseits verbannt, deshalb hab ich ihn jetzt an der Backe kleben.«

»Vincent wurde verbannt?«

Otto musste ein wenig grinsen. »Vermutlich gingen den Toten Vincents schlechte Manieren auf den Geist.«

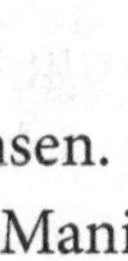

Richtig mieses Verhalten legte Ottos Haustier auch in dieser Welt an den Tag. Erst neulich war er aus Ottos Schulranzen ausgebüxt, weil er am Fenster des Physiksaals seine Leibspeise entdeckt hatte: eine dicke, fette Fleischfliege.

Die Mädchen der 6a gerieten in Panik und Otto mächtig in Erklärungsnot. Dass er für ein Bioprojekt eine Fledermaus in seinem Ranzen hielt, würde der Physiklehrer bestimmt kein zweites Mal schlucken.

Sie waren inzwischen vor dem Radieschenweg Nummer acht angekommen. Otto blieb vor dem spitzen Eisenzaun stehen und starrte auf die Veranda. Die alte Hollywoodschaukel quietschte unter schwerem Gewicht. Und das, obwohl es für jedermann so aussehen musste, als sei sie leer. Für jedermann außer Otto.

»Sir Tony!« Otto öffnete das rostige Gartentor und bahnte sich seinen Weg durch das raschelnde Laub in Richtung Veranda. Das Quietschen ebbte ab und schließlich kam die Schaukel zum Stillstand. »Hast du etwa auf uns gewartet?«

Wenn Otto es nicht besser gewusst hätte, hätte er Tante Sharons Hausgeist für einen normalen, fülligen Herrn mittleren Alters gehalten. Tonys Gesicht war weder blass noch trug er rasselnde Ketten oder ein Loch im Bauch mit sich herum. Das Einzige, was Sir Tony von anderen Menschen unterschied, war die Tatsache, dass ihn außer Otto niemand sehen konnte. Was daran lag, dass er tot war.

»Nicht ganz.« Sir Tony hustete. »Ich musste flüchten. Der Putzfimmel deiner Tante wird von Tag zu Tag schlimmer. Der Lärm ist unerträglich!« Er stöhnte und wischte sich über die Stirn. »Dieser Putzteufel saugt schon zum dritten Mal diese Woche. Ständig wirbelt mir Staub in die Na…ha…*hatschi*!«

Otto ging der Sauberkeitswahn seiner Tante auch gehörig auf die Nerven, aber Tony bekam ihn regelmäßig am eigenen Leib zu spüren – denn er wohnte in Tante Sharons Staubsauger.

Sir Tony raufte sich die paar Haare, die seitlich von seiner Glatze wuchsen. »Jetzt weiß ich, wie es sich anfühlen muss, neben einer Autobahn zu wohnen«, jammerte er weiter.

Tante Sharons ältester Hausgeist neigte zu Übertreibungen. Schon zu Lebzeiten war Sir Tony äußerst anspruchsvoll gewesen. Er empfand es als sein gutes Recht, ständig zu meckern. Dass er nach seinem Tod versehentlich in einen Staubsauger eingesaugt worden war, hatte die Sache zuerst nicht unbedingt leichter gemacht.

Doch nach einer Weile hatte Sir Tony begonnen, die Vorzüge eines Staubsaugerbeutels zu schätzen. Der Platz war zwar begrenzt, doch man hatte seine Ruhe und selbst im Winter war es wohlig warm. Leider hatte er zu diesem Zeitpunkt aufgrund des vielen Staubs schon hartnäckiges Asthma entwickelt. Offenbar bekam man Krankheiten auch nach dem Tod.

»Was ist denn mit Tony los?«, unterbrach Emily das Gejammer des Hausgeistes und stupste Otto in die Seite. Oft vergaß Otto, dass Emily Sir Tony weder sehen noch hören konnte und er deshalb Übersetzungsarbeit leisten musste.

»Ich bekomme mehr und mehr das Gefühl, dass mir niemand hier Beachtung schenkt«, beschwerte sich Tony pikiert. »Und das auf meinem eigenen Grund und Boden!«

Als Sir Tony noch am Leben gewesen war, hatte die Villa ihm gehört. Tony hatte das alte Gemäuer geliebt – das steinerne Mauerwerk, die geheimnisvollen Erker, die Efeuranken und die spitzen Türmchen. Nach seinem Tod war das Haus unter den Hammer gefallen und von Tante Sharon und Ottos verstorbenem Onkel Archibald ersteigert worden. Dass Tante Sharon daraufhin das Porträt über dem Kamin, auf dem Tony genüsslich in eine Fleischkeule biss, einfach abgenommen hatte, hatte er bis heute nicht verkraftet.

»Ich wünschte, deine Tante könnte mich sehen. Dann würde ich mich nachts an ihr Bett schleichen und ganz laut *Wuuuaaah* schreien«, drohte Tony und schnitt eine Grimasse. Dabei sah er allerdings ganz und gar nicht gruselig aus, sondern eher so, als müsste er dringend auf die Toilette. Als Schreckgespenst war Sir Tony eine absolute Lachnummer.

»Vergiss meine Tante mal für einen Moment«, ermahnte Otto den Hausgeist. »Wir brauchen deine Hilfe. Gestern hat sich ein seltsames Wesen in Mr Olsens Garten rumgetrieben. Ich glaube, es war weder tot noch lebendig.«

»Weder tot noch lebendig?«, echote Sir Tony und seine Nasenflügel blähten sich vor Aufregung. Der Spukanschlag auf Tante Sharon war mit einem Mal vergessen.

»Dieser … Mann stand neben Mr Olsens Leiche und hat versucht, ein glühendes Ding einzufangen. Mit einem Schmetterlingsnetz«, sagte Emily an das gehäkelte Kätzchenkissen gerichtet. Sie hatte noch immer nicht begriffen, wo genau Sir Tony eigentlich saß.

Tonys Kinnlade klappte herunter. »Ein … ein … Schme…Schmetterlingsnetz?«, stotterte er.

Otto nickte ernst.

»Krisensitzung. Sofort.« Mit einem fast lautlosen *Puff* löste sich Sir Tonys Geisterkörper in Luft auf und materialisierte sich plötzlich neben der Haustürklingel.

Otto fuhr erschrocken zusammen. Dieses ständige Herumgehüpfe ließ sein Herz mehrmals am Tag in die Hose rutschen. Sir Tony und die anderen Geister hatten die Angewohnheit, aus heiterem Himmel vor seiner Nase aufzutauchen. Vorzugsweise, wenn Otto aus der Dusche stieg. Oder nachts aufs Klo schlich.

»Eine Krisensitzung?« Otto legte die Stirn in Falten. War die Sache wirklich so ernst? Bei allem, was nicht ihn selbst oder seinen Staubsauger betraf, verhielt sich Sir Tony normalerweise wie die Ruhe in Person.

Emily war sofort Feuer und Flamme. »Krisensitzung? Ab in die geheime Bücherkammer!«, befahl sie, packte Otto an der Hand und zog ihn zur Türmatte. Gerade als Otto nach dem Türknauf greifen wollte, verstummte das Brummen des Staubsaugers und die Haustür wurde geöffnet. Tante Sharon trat über die Schwelle und lief dabei prompt durch Sir Tonys Körper.

»Hallo, Otto, hallo, Emily«, begrüßte sie die beiden und strich Otto über seinen dunklen fransigen Haarschopf. »Dachte ich doch, dass ich euch gehört habe.«

In der einen Hand hielt sie den Saugergriff, mit der anderen Hand bändigte sie die grauen Haare, die ihr in die Stirn fielen. Die wenigsten Menschen schätzten Sharon auf fünfundsechzig. Mit ihrer frechen Kurzhaarfrisur, den karierten Hemden und dem drahtigen Körper wirkte sie überhaupt nicht alt. Otto fand seine Tante ziemlich cool – abgesehen von der Tatsache, dass sie ständig putzte. Und das war noch nicht mal ihr merkwürdigstes Hobby.

»Hallo, Tante Sharon«, sagte Otto und küsste sie auf die Wange. Obwohl Sharon gar nicht seine richtige Tante war, gehörte sie zur Familie, seit Otto denken konnte. Sie war früher oft zu Besuch gekommen und er hatte sie schon immer sehr gern gehabt.

Und dann, vor fast zwei Jahren, war Tante Sharon mit einem Schlag zu Ottos einziger Familie geworden.

Ottos Eltern hatten als Archäologen gearbeitet. Vorletzten Winter waren sie mit einem Forschungsteam nach Mexiko gereist, um nach Relikten alter Kulturen zu suchen. Was dann passiert war, wusste Otto nicht genau. Die Medien hatten von einem gigantischen Wirbelsturm berichtet, der das Team überrascht hatte.

Danach hatten Ottos Eltern als vermisst gegolten. Nach einigen Wochen erfolgloser Suche hatte man sie schließlich für tot erklärt. Tante Sharon, die zu der Zeit auf Otto aufgepasst hatte, hatte ihn kurzerhand bei sich aufgenommen.

»Wollt ihr eine heiße Schokolade?«, fragte sie jetzt, während sie den Staubwedel ausschüttelte.

»Nein danke, wir müssen ganz dringend was besprechen«, antwortete Otto. »Für ein Referat«, fügte er hinzu, als er Tante Sharons fragenden Blick sah. Schnell zog er Emily ins Haus, knallte seinen Schulranzen in die Ecke und hastete voran ins Dachgeschoss. Sir Tony folgte ihnen.

Oben in Ottos Zimmer schlossen sie die Tür ab und schoben den Bettvorleger zur Seite. Vorsichtig tastete Otto die Holzdielen ab, bis er eine kleine Einkerbung fand. Emily reichte ihm einen Schuhlöffel, mit dessen Hilfe er die Bodenklappe aufhebelte.

Darunter kam eine eiserne Klapptreppe zum Vorschein. Sie führte in einen kleinen fensterlosen Raum, der vor lauter Büchern aus allen Nähten platzte.

Otto hatte diese geheime Kammer bereits in der ersten Woche bei Tante Sharon entdeckt. Ihm war aufgefallen, dass seine Schritte an manchen Stellen seltsam nachhallten, und bei genauerem Hinsehen hatte er die

Einkerbungen der Klappe bemerkt. Seitdem kam er regelmäßig hier herunter, wenn er seine Ruhe haben wollte – oder um sich ungestört mit den Geistern unterhalten zu können. Anscheinend funktionierten Bücher ausgezeichnet als Dämmmaterial, denn die Kammer war nach außen vollkommen schalldicht.

Otto fand das äußerst praktisch. Hätte Tante Sharon ihn jemals bei den Gesprächen mit Sir Tony und den anderen Hausgeistern belauscht, hätte sie ihn wohl schnurstracks zum Psychiater geschickt. Mit elf war man nun mal zu alt für imaginäre Freunde.

Als Otto sich daranmachte, die Stufen hinabzusteigen, ertönte von draußen ein lautes *»Stoooopp!«*, gefolgt von einem *Platsch*, als wäre ein riesiger Klecks Soße auf der Fensterscheibe gelandet.

»Vincent?«, staunte Otto und lief zum Fenster, auf dem ein Büschel Fell klebte. Er hatte sein Haustier gar nicht vermisst, obwohl es in den letzten Minuten verdächtig ruhig gewesen war. Niemand hatte auf seiner Schulter gesessen und dämliche Kommentare in sein Ohr gekräht, wie ein außer Kontrolle geratener Papagei.

»Entschuldigt die Verspätung«, schnaufte Vincent, als Otto das Fenster öffnete und ihn hereinflattern ließ. »Ich hatte eine fette Fliege im Visier. Ich war dicht an ihr dran, aber als sie einen Misthaufen angesteuert hat, bin ich dann doch abgehauen.«

Sir Tony rollte mit den Augen. »Sind wir komplett?«

Otto nickte, dann kletterte er als Erster hinab in den dunklen Raum. Emily folgte ihm und Vincent flog dicht an Ottos Ohr vorbei.

Als alle unten waren, schloss Otto die Klappe und knipste die alte Stehlampe in der Ecke an, die einen dämmrigen Lichtkegel an die Decke warf. Hohe Bücherregale, ein zerschlissenes Sofa, ein Globus und ein Schreibtisch tauchten im Halbdunkel auf. Otto vermutete, dass die geheime Kammer seinem verstorbenen Onkel Archibald gehört hatte, aber genau wusste er es nicht.

»Ich hole Molly und Bert. Bin sofort zurück«, erklärte Sir Tony, der auf der obersten Sprosse der Bücherleiter hockte. Im nächsten Moment löste er sich in Luft auf, um nur wenige Sekunden später wieder an derselben Stelle zu erscheinen.

Sir Tony war nicht mehr allein. Im linken Eck verdichtete sich die Luft zu Nebel, aus dem sich eine große, hagere Gestalt löste. In der einen Hand hielt sie Käsespießchen mit Oliven, in der anderen eine Packung Milch.

»Hi, Bert«, begrüßten Otto und Vincent den neuen Gast.

»Hallöchen«, brummte Bert und biss genüsslich in den Käse. Die gekauten Stücke wanderten geradewegs durch seinen Körper hindurch und landeten auf dem Parkettboden. »Hättet ihr mit eurer kleinen Teeparty nicht warten können, bis ich mit dem Lunch fertig bin? Sharon hat heute frischen Edamer gekauft. Das Aroma ist vorzüglich.«

Bert lebte in Tante Sharons Kühlschrank. Anfangs hatte es ihm einen Heidenspaß gemacht, das Licht auszuknipsen, wenn Otto und Tante Sharon die Tür öffneten. Inzwischen bereitete es ihm jedoch viel mehr Freude, die Vorräte zu verputzen. Lange war das ständige Fehlen von Käse, Wurst und Schokoladenpudding nicht unbemerkt geblieben, darum hatte Otto es irgendwann auf seine Kappe nehmen müssen. Und weil Otto im Wachstum war, stellte Tante Sharon zum Glück keine dummen Fragen.

Glücklicherweise hatte er eines Tages herausgefunden, dass Lebensmittel, die in Alufolie gewickelt waren, unangetastet blieben. Aus irgendeinem Grund trieb das metallische Blitzen der Folie Geister in den Wahnsinn. Seitdem packte Otto die wirklich leckeren Speisen vorsorglich darin ein. Bei Käse war Bert allerdings schneller.

»Das hier ist keine Teeparty! Es ist dringend, Bert«, stellte Sir Tony klar und ließ seine dicken Beine von der Bücherleiter baumeln. »Der alte Olsen hatte gestern Besuch. Von einem Kerl mit Schmetterlingsnetz.«

»Ein Schmetterlingsnetz? Wie niedlich«, lachte eine hohe Stimme aus der anderen Ecke. Sie gehörte Molly, dem dritten von Tante Sharons Hausgeistern. In einem altmodischen Nachthemd hockte sie auf dem Globus und drehte sich wie auf einer Diskokugel. Dabei gluckste sie vor Lachen und warf vergnügt die Arme in die Luft.

Auch Molly beanspruchte einen eigenen Bereich des Hauses für sich: die Waschküche. Weil sie von allem, was sich drehte, fasziniert war, liebte sie Tante Sharons Waschmaschine. Nichts machte ihr mehr Spaß, als bei eintausendsechshundert Umdrehungen in der Wäschetrommel umherzuwirbeln. Außerdem versteckte sie gern Wäschestücke und freute sich diebisch, wenn Otto wieder eine seiner Socken nicht finden konnte.

»Hat denn keines von euch törichten Individuen die leiseste Ahnung, was das bedeutet?«, rief Sir Tony verärgert, schoss durch den Raum und hielt ruckartig den Globus an. Molly verlor das Gleichgewicht und purzelte zu Boden. »Wisst ihr nicht, mit wem wir es hier zu tun haben?«

Molly, Bert, Vincent und Otto schüttelten ratlos den Kopf. Etwas zeitversetzt verneinte auch Emily, für die Otto erst übersetzen musste.

Sir Tony fiel es sichtlich schwer, die Fassung zu bewahren. »Habt ihr denn nicht *aufgepasst*, als ihr gestorben seid?«, schimpfte er und seine Wangen leuchteten dunkelrot. »Habt ihr alle geschlafen?«

Molly und Bert warfen einander vielsagende Blicke zu. Sir Tonys rüpelhaften Umgangston waren die beiden gewöhnt, immerhin hatten sie zu Lebzeiten als Küchenpersonal für ihn gearbeitet. Manche Dinge änderten sich eben nie.

»Dieses Schmetterlingsnetz«, fuhr Sir Tony fort und malte dabei Anführungszeichen in die Luft, »ist kein einfaches Netz.«

»Sah aber aus wie eins«, widersprach Vincent, der auf Ottos Schulter hockte, und verschränkte die Flügel.

»Mag sein«, zischte Sir Tony. Aufgeregt schwebte er die Breitseite des Raumes auf und ab. »Es sieht vielleicht aus wie ein Netz, aber das täuscht. In Wahrheit handelt es sich um einen hoch technisierten Seelenfänger. Damit sammelt man die Seelen Verstorbener ein und liefert sie ins Jenseits. Der Kerl, der Mr Olsens Seele mitgenommen hat …«, Sir Tony machte eine bedeutsame Pause und holte tief Luft, »… war der Tod!«

Der Tod. Der leibhaftige Tod. Otto spürte, wie das Blut aus seinem Gesicht wich. Kam der Tod nicht nur in Gruselgeschichten vor? Ein skelettartiges Wesen mit glühend roten Augen? Das konnte unmöglich wahr sein.

Reflexartig huschte Ottos Blick zu Molly und Bert. Sir Tonys Worte schienen die beiden anderen Geister genauso überrollt zu haben. Molly hüpfte vor Schreck ein Lockenwickler aus dem Haar und Bert hustete sich die Seele aus dem Leib. Er hatte sich an der Milch verschluckt und nun bildete sich zu seinen Füßen eine weiße Pfütze, die sich mit dem zerkauten Käse vermengte.

Otto seufzte. Er durfte nicht vergessen, die Sauerei nachher aufzuwischen. Wenn das Zeug durch die Dielen sickerte und anfing zu schimmeln, würde Tante Sharon womöglich den geheimen Raum entdecken. Sie hatte eine erstaunlich feine Nase.

»Was ist los? Was hat er gesagt?«, drängte Emily.

»Der Typ gestern … hat Mr Olsen ins Jenseits geholt, Emily«, hauchte Otto und konnte fühlen, wie sich die Härchen an seinen Armen aufrichteten.

Emily schnappte nach Luft. Sie war verdächtig bleich um die Nasenspitze geworden. »Also war er … der Tod?«

»Genau genommen nur einer davon«, mischte sich Sir Tony ein und setzte ein schiefes Grinsen auf, auch wenn Emily ihn nicht sehen konnte. »Früher gab es tatsächlich nur einen einzigen Sensenmann. Doch wisst ihr, die Sache verhält sich ähnlich wie mit dem Weihnachtsmann. Angesichts der steigenden Weltbevölkerung reicht ein einziger nicht mehr aus. Denkt doch mal an China. Oder Indien.«

Otto schnaubte. Tony war schon ein seltsamer Kauz. Den Weihnachtsmann und den Sensenmann miteinander zu vergleichen, war ziemlich geschmacklos. Kein Wunder, dass Molly und Bert Sir Tony meist aus dem Weg gingen.

»Jedenfalls kann ein einziger Sensenmann heutzutage nicht mehr alle Seelen alleine einsammeln«, kam Tony zum Punkt. »Darum gibt es eine ganze Armee von Sensenmännern.«

»Eine Armee?« Der Gedanke an unzählige Skelette in Kutten ließ Otto erschaudern. Das klang wie aus einem Horrorfilm.

Sir Tony nickte. »Trotzdem sind es immer noch nicht genug. Denn wenn einer der Sensenmänner einen Sterbetermin verpasst, schwirrt die vergessene Seele einfach umher. Es entstehen Geister, Wesen wie wir.« Das Grinsen verschwand und Tonys Miene wurde steinhart. »Verdammt zu einem Leben im finsteren Diesseits.«

Bert verdrehte die Augen. »Du machst immer aus allem so ein Drama, Tony! So schlimm ist es hier doch auch wieder nicht«, widersprach er und zog mit den Zähnen eine Olive vom Spieß. »Es hat auch seine Vorzüge.«

»Und seit dieses Wunderkind hier wohnt«, ergänzte Molly und deutete auf Otto, »muss ich mich auch nicht bis in alle Ewigkeit mit euch beiden Dumpfbacken unterhalten.«

Sir Tony überhörte die Beleidigung. »Trotzdem. Das Auftauchen eines Sensenmannes bedeutet nichts Gutes. Sondern Unheil.« Er hielt inne. »Nur gut, dass Otto und Vincent ihn gleich entdeckt haben. Wir sollten die Sensenmänner weiter im Auge behalten.«

Otto nickte und bemühte sich, seine Gedanken zu ordnen. So gruselig das alles auch klang, langsam fügte sich alles zusammen. Bei Molly, Bert und Sir Tony handelte es sich also um vergessene Seelen, entstanden aus der Panne eines Sensenmannes.

Wie viele vergessene Seelen es wohl auf der Welt gab? Und wie viele Geheimnisse das Jenseits wohl noch bereithielt, von denen Otto nichts ahnte? Vielleicht lieferte ihm die Welt der Toten eines Tages die Antwort auf die Frage, wo sich seine Eltern befanden.

Er atmete tief durch. Zwei Dinge standen fest. Erstens: Otto war fest entschlossen, alle Geheimnisse zu lüften, auch wenn ihm schon beim Gedanken daran die Knie schlotterten. Und zweitens: So wie es aussah, würde das Leben im Radieschenweg in nächster Zeit bestimmt nicht langweilig werden.

Jetzt schlägt's dreizehn!

»Was ist denn los mit dir, Otto? So schweigsam kenne ich dich gar nicht«, murmelte Tante Sharon und drehte die Schraube tiefer ins Uhrwerk. Mit einem *Boing* sprang eine hölzerne Klappe auf und ein klägliches *Kuckuck* drang aus dem Inneren des Uhrenkastens. Tante Sharons Lippen verzogen sich zu einem zufriedenen Grinsen. Die alte Uhr lief wieder, auch wenn es so klang, als hätte der hölzerne Vogel seine besten Zeiten schon lange hinter sich.

»Nichts ist los. Überhaupt gar nichts«, brummte Otto und rutschte auf dem Fensterbrett hin und her. Die Pendeluhr im Salon hatte eben zehn Uhr geschlagen und Tante Sharon frönte seit dem Abendessen wieder ihrer Lieblingsbeschäftigung gleich nach dem Putzen: alte Uhren reparieren.

Früher hatte Ottos Tante ihren Lebensunterhalt als Uhrmacherin verdient. Als ihr Mann gestorben war und ihr eine beträchtliche Geldsumme hinterlassen hatte, hatte sie ihren Laden verkauft und das Inventar mitgenommen. Seitdem explodierte Ottos Zuhause vor Uhren: Pendeluhren, Taschenuhren, Armbanduhren. Sogar eine Uhr, die aussah wie eine Katze und bei jedem Ticken die Augen verdrehte, befand sich in Tante Sharons Besitz. In manchen Räumen fand man kein freies Stück Wand mehr vor lauter Uhren.

Ganz zu schweigen vom ständigen Ticken. In Geschichte hatte Otto gelernt, dass böse Herrscher ihre Gefangenen einst mit immerwährenden, monotonen Geräuschen gefoltert hatten, bis diese schließlich am Rande des Wahnsinns ihre Taten gestanden hatten. So schlimm empfand Otto es zwar nicht – trotzdem hatte er an seinem ersten Abend im Dachzimmer sämtliche Batterien aus den Uhren entfernt. Sicherheitshalber.

Tante Sharon schien die ewige Tickerei nicht zu stören. Im Gegenteil. Ständig schaffte sie sich neue Uhren an und suchte für jede einen geeigneten Platz. Einige davon gehörten allerdings nicht ihr, sondern Bekannten oder Nachbarn, die sie zur Reparatur gegeben hatten. Leider war das bei der Kuckucksuhr nicht der Fall. Die blieb hier, im Wohnzimmer. Otto hasste das Ding.

»Und in der Schule? Was macht ihr gerade? Algebra?«, bohrte Tante Sharon nach und legte den Kreuzschraubenzieher zur Seite.

Unter normalen Umständen hätte ihr Otto die Freude gemacht, noch ein wenig mit ihr zu plaudern. Aber seit Sir Tony ihm und Emily vom Sensenmann erzählt hatte, ging ihm der nächtliche Besucher nicht mehr aus dem Kopf. Abend für Abend hatte Otto nach ihm Ausschau gehalten, ängstlich und neugierig zugleich. Leider war das seltsame Auto auf drei Rädern seit Mr Olsens Tod nicht mehr aufgetaucht.

»Ach, nichts Besonderes«, antwortete Otto halbherzig. »Wir machen am Donnerstag einen Ausflug nach Scaryland.« Er reckte den Hals, um über die Hecken vor dem Fenster spähen zu können. Ein weißer Wagen schob sich soeben in den Radieschenweg und kam vor dem Nachbargarten zum Stehen. Ottos Herz klopfte schneller. Er kniff die Augen zusammen, um die Beschriftung des Transporters zu entziffern. War das wieder das Auto des Sensenmannes?

»Scaryland? Das ist doch dieser neue Vergnügungspark mit den vielen Geisterbahnen und Gruselattraktionen.« Tante Sharon legte die Stirn in Falten. »Bist du dafür nicht noch etwas zu jung? Was, wenn du danach nicht schlafen kannst?«

»Tante Sharon, der Park ist ab acht Jahren«, erwiderte Otto und kniete sich aufrecht hin, um das Auto besser sehen zu können. Ein paar lächerliche Geister aus Pappe und Drähten würden ihm und Emily nicht mal ein müdes Gähnen entlocken. Das war nichts im Vergleich zu einem leibhaftigen Sensenmann.

Der offensichtlich nicht der Fahrer des Lieferwagens da draußen war. *E. T. Donahue, Staupsauger An- und Verkauf* stand in dicken Lettern auf dem Transporter. Auch wenn Otto gar nicht danach zumute war, er musste grinsen. Wie lustig! Ein Rechtschreibfehler in der Aufschrift des Transporters. In diesem Moment schwang die Fahrertür auf und heraus kletterte ein kahlköpfiger untersetzter Kerl, der mit dem Sensenmann von neulich absolut gar nichts gemeinsam hatte.

Otto runzelte die Stirn. Der Typ war zwar kein Sensenmann, aber was machte ein Staubsaugervertreter um diese Uhrzeit hier im Radieschenweg?

Er musste gähnen. Wie auch immer. Vielleicht war es einfach Zeit, die Geisterwelt für heute ruhen zu lassen.

»Ich gehe ins Bett«, sagte er zu seiner Tante und kletterte von der Fensterbank.

Tante Sharon musterte Otto kurz, dann drückte sie

ihm einen Kuss auf die Wange und murmelte »Gute Nacht«. Anschließend erhob sie sich und ging in die Küche – vermutlich, um sich ein Stück von dem Käse zu holen, den Bert verputzt hatte. Auf dem Weg zur Treppe konnte Otto hören, wie seine Tante die Kühlschranktür öffnete. »Dieser Junge lebt in seiner eigenen Welt«, hörte er sie zu sich selbst sagen. »Wenn er nicht so einen gesunden Appetit hätte, würde ich mir Sorgen um ihn machen.«

* * *

Die Nacht war ungewöhnlich ruhig in Anbetracht der Tatsache, dass Ottos Zuhause im ganzen Städtchen als verwunschenes Spukhaus galt. Tante Sharon war gleich im Anschluss zu Bett gegangen. Vincent, der den ganzen Abend auf der Suche nach Insekten durch die Gärten geschwirrt war, schnarchte erschöpft und vollgefressen im Eichenschrank. Selbst Tony, Bert und Molly gaben heute Nacht nicht den geringsten Mucks von sich. Vermutlich hockten Bert und Molly wie so oft auf dem Dach und plauderten über die Zeiten, als noch Blut in ihren Adern geflossen war. Und Sir Tony versuchte wohl verzweifelt, Tante Sharon das Fürchten zu lehren. Aber dafür hatte er einfach zu wenig Talent – und Sharon einen viel zu festen Schlaf.

Nachdem Otto in seinen Pyjama geschlüpft war, hockte er sich aufs Fensterbrett und ließ seinen Blick über den Radieschenweg schweifen, der im dichten Herbstnebel vor sich hin schlief. Keine Menschenseele war unterwegs. Auch der Staubsaugerverkäufer musste sich wieder aus dem Staub gemacht haben.

Otto seufzte und legte sich ins Bett. Er lag noch eine geraume Weile wach und dachte nach, aber irgendwann war er so müde, dass ihm die Augen zufielen. Im Halbschlaf lauschte er der Standuhr im Salon. Um einzuschlafen, zählte er oft die Schläge des metallenen Pendels, wie andere Kinder die Schafe.

Zehn, elf… Seinem Gefühl nach zu urteilen musste es inzwischen Mitternacht sein. Doch als die Standuhr schließlich bei der Zwölf angekommen war, setzte das Pendel einen weiteren Schlag nach. Klar, deutlich und unüberhörbar. Der Nachhall des dreizehnten Schlags dröhnte durch die alten Wände, viel zu kräftig, um Ottos Fantasie entstiegen zu sein.

Otto schlug die Augen auf. Dreizehn Schläge? Das konnte doch gar nicht sein! Immerhin sorgte Tante Sharon dafür, dass jede ihrer Uhren minutiös und fehlerlos lief. Selbst Big Ben konnte sich von der Genauigkeit ihrer Uhren noch etwas abschauen.

Schlaftrunken rieb sich Otto die Augen und setzte sich auf. Aus einem Reflex heraus trat er noch einmal ans Fenster und blickte hinunter. Was er dort entdeckte, vertrieb in Windeseile das letzte Fünkchen Müdigkeit: Da stand der Lieferwagen des Sensenmannes! Der seltsame Transporter mit den drei Rädern parkte im Lichtkegel einer Straßenlaterne, genau vor Tante Sharons Gartentor. Auf der Ladefläche stapelten sich Gurkengläser, deren rote Inhalte glühten wie Kürbisse an Halloween. Nur handelte es sich diesmal um viel, viel mehr Ladegut. Eine ganze Wagenladung toter Seelen. Du liebes bisschen!

Otto schluckte. Seit er bei Tante Sharon eingezogen war, hatte er niemals richtige Angst vor Geistern verspürt. Für ihn waren Sir Tony, Molly und Bert einfach ein Haufen durchgeknallter Pappnasen, die nicht mal einem Kleinkind Angst einjagen konnten. Aber alles, was dieses neue Wesen, diesen Sensenmann, betraf, ließ Otto frösteln.

Im selben Moment hörte er ein Rumsen aus dem Wohnzimmer. Es klang fast so, als würden Gläser klirren. Hatte sich der Sensenmann womöglich Zutritt zu Tante Sharons Villa verschafft?

Er beschloss, Vincent aufzuwecken. Hastig riss er die Schranktür auf und rüttelte an der silbernen Kleiderstange, an der Vincent üblicherweise baumelte und schnarchte. »Vincent? Komm schon, wo steckst du?«, rief Otto in den dunklen Schrank hinein.

Diesmal hing Vincent nicht an seinem Stammplatz. Er schlief in der Tasche von Tante Sharons mottenzerfressenem Wintermantel. Vermutlich hatte er sich vorhin wieder dermaßen den Bauch vollgeschlagen, dass er schlicht und einfach zu dick wurde, um kopfüber zu schlafen.

»Was ist denn schon wieder los? Warum weckst du mich ständig mitten in der Nacht?«, knurrte er verärgert. Er steckte seinen pelzigen Kopf aus dem Innenfutter und blinzelte Otto aus goldenen Augen an. »Schläfst du jetzt gar nicht mehr? Bist du neuerdings ein Vampir, oder was?«

Otto ignorierte Vincents garstigen Kommentar. »Der Sensenmann ist wieder da, Vince.«

Vincent ließ sich nicht beeindrucken. Entnervt rollte er mit den Augen. »Na und? Dann hat eben wieder jemand das Zeitliche gesegnet«, schnarrte er. »Falls es dir noch nicht aufgefallen ist, Schlaumeier: Das Durchschnittsalter der Bewohner des Radieschenweges liegt bei weit über achtzig. Und da habe ich *mich* nicht mitgerechnet, klar?«

»Ich rede doch nicht von den Nachbarn. Der Sensenmann ist *hier*! Womöglich hat er es auf einen von uns abgesehen«, zischte Otto aufgeregt. »Und ich glaube, er hat irgendwas mit Tante Sharons Pendeluhr angestellt.«

»Du meinst, er ist hier? Bei uns unten im Salon?« Endlich schlüpfte Vincent aus seinem plüschigen Schlafsack, flatterte auf Ottos Schulter und ließ sich dann in die Brusttasche seines Pyjamas plumpsen. Eine Weile schien er zu überlegen, dann nickte er entschlossen. »Was stehst du noch hier rum? Gehen wir nach unten und sehen nach«, forderte er Otto auf.

Otto zögerte. Ob es so eine gute Idee war, einem Sensenmann gegenüberzutreten? Immerhin nahm der Typ für gewöhnlich Leuten das Leben. Was war, wenn er sich tatsächlich hier herumtrieb, um Otto oder Tante Sharon den Garaus zu machen? Sollte Otto nicht lieber Tante Sharon wecken und dann schleunigst die Beine in die Hand nehmen? Bestimmt konnte man an der Regenrinne abwärtsrutschen.

»Nun mach schon, du Feigling!« Vincent zappelte ungeduldig in Ottos Brusttasche. »Wenn dir dieses Klappergerippe etwas anhaben will, breche ich ihm alle Knochen«, versprach er.

»Na fein, wir sehen nach.« Otto gab sich geschlagen und schlurfte in Socken zur Tür.

Im Flur war es stockdunkel und Otto traute sich nicht, das Licht anzuknipsen. Was, wenn er dadurch den Sensenmann auf sich aufmerksam machte? Stattdessen tastete er sich an den Wänden entlang zur Treppe. Zum Glück kannte er jeden Winkel und jede

Windung, er musste bloß achtgeben, dass die alten Holzstufen beim Gehen nicht knarzten.

Auf der letzten Stufe hielt Otto inne und lugte in den Salon. Das Licht der Straßenlaternen fiel durch die Fenster und tauchte die wuchtigen Vitrinen in ein fahles Blau.

Nichts. Niemand zu sehen. Der Sensenmann musste abgerauscht sein. Vielleicht hatte er sich in der Adresse geirrt.

Als Otto schon kehrtmachen wollte, schnellte plötzlich eine dunkle Silhouette durch einen der Lichtstrahlen. Sie blieb vor der Pendeluhr stehen und begann, an den Zeigern herumzudrehen, als entriegelte sie einen Safe. Ottos Nackenhaare stellten sich auf.

»Ach du sumpfiger Schrumpfknödel! Hier treibt sich tatsächlich jemand rum«, krächzte Vincent. Wenn er aufgeregt war, schimpfte er, was das Zeug hielt. »Warum zum Teufel hast du mich überredet, hier runter zu latschen?«

»Aber du warst es doch, der – « Otto unterbrach sich, denn etwas vibrierte an seiner Brust. Es bestand kein Zweifel, Vincent bibberte am ganzen Körper. Obwohl auch Ottos Knie zitterten, bemühte er sich, die Fassung zu bewahren. »Bleib cool, Vince. Ich will mir diesen Kerl aus der Nähe ansehen.«

»Noch näher? Bist du übergeschnappt?«, jaulte Vincent. »Was ist, wenn er eine Sense dabeihat und mir die Rübe absäbelt?« Panisch hielt er sich die Flügel über den Kopf. »Ich bin noch zu jung fürs Jenseits. Ich bin doch erst dreihundertsechsundzwanzig.«

»Vincent! Du warst doch bereits im Jenseits, schon vergessen? Ich glaube nicht, dass er dir etwas anhaben kann«, meinte Otto.

Das schien Vincent ein wenig zu beruhigen.

»Keine Panik«, flüsterte Otto. »Er wird uns nicht sehen.« Vorsichtig setzte er einen Fuß vor den anderen und tastete sich an der Wand entlang. Wenn er es nur bis hinters Bücherregal schaffen würde – von dort würde er bessere Sicht haben auf … was auch immer sich hier herumtrieb.

Boing! Kuckuck!

Ein ohrenbetäubendes Geräusch durchschnitt die Stille. Die verdammte Kuckucksuhr! Nach Tante Sharons Reparatur hing das hässliche Ding nun direkt über Ottos Kopf und verkündete zuverlässig die Uhrzeit. Viertel nach zwölf – so schrill und laut, dass es bestimmt noch Emilys schwerhörige Oma drei Häuser weiter hören konnte.

Ottos Herz rutschte in die Hose. Bevor er wusste, was los war, blieb er mit dem linken Fuß an Tante Sharons Perserteppich hängen. Er taumelte und versuchte panisch, sich am Bücherregal festzuhalten. Doch es war zu spät. Begleitet von einem lauten Krachen stürzten Otto und Vincent auf den Parkettboden.

Direkt vor die Füße des Sensenmannes.

Ottos Herz setzte einen Schlag aus. Langsam glitt sein Blick über die schwarze Kutte des Fremden hinauf bis zur Kapuze, die er tief ins Gesicht gezogen hatte. In seiner Hand reflektierte etwas Silbernes, Spitzes die Lichter der Straßenlaternen.

Die Sense. Du liebe Güte. Die Geister hatten recht gehabt, da bestand nicht der geringste Zweifel. Vor ihm stand der leibhaftige Tod. Er sah zum Fürchten aus. Nur die abgewetzten Turnschuhe passten nicht ganz ins Bild.

Und offensichtlich hatte der Tod gerade bemerkt, dass er nicht mehr allein war. Bevor Otto reagieren konnte, ließ der Fremde von der Pendeluhr ab und beugte sich zu ihm herunter. In Zeitlupe nahm er seine Kapuze ab.

Otto erschauderte und starrte das Wesen an. Anstelle eines menschlichen Kopfes thronte ein Skelettschädel auf dessen Wirbelsäule. Lidlose Augäpfel starrten aus den dunklen Höhlen auf Otto herab.

Am liebsten wäre er weggerannt, doch er konnte sich keinen Millimeter bewegen.

In diesem Moment segelte Vincent todesmutig vom Kronleuchter und stürzte sich auf den Knochenmann.

»Flossen weg von Otto, du Klappergerippe!«, drohte er und rotierte um den Schädel des Sensenmannes wie ein wild gewordener Kolibri. »Den kriegst du nicht in eines deiner dämlichen Gurkengläser. Dazu musst du erst an mir vorbei!«

Das war Ottos Chance. Der Tod schien durch Vincents Geflatter abgelenkt zu sein. Er fluchte und griff sich stöhnend an die Stirn, als plagten ihn plötzlich starke Kopfschmerzen.

Bevor Otto sich fragen konnte, wie das möglich war, so ganz ohne Gehirn, übermannte ihn der Fluchtimpuls. In Windeseile sauste er durch den Salon, doch er kam nicht weit.

Der Tod war schneller. In nur einem einzigen Augenblick hatte er ihm den Weg abgeschnitten. Panisch blickte Otto sich um, aber hinter ihm befand sich der Kamin. Eine Flucht war unmöglich – außer vielleicht, man war der Weihnachtsmann. Oder man konnte fliegen.

Vincent krallte sich in Ottos Nacken. »Zeit, sich zu verkrümeln. Wir sehen uns auf dem Dach!« In der nächsten Sekunde ließ er los und flatterte durch den Schornstein in die Freiheit.

Otto fluchte innerlich. Was für ein Kameradenschwein hielt er sich da eigentlich als Haustier? Auf Vincent konnte er wohl nicht zählen. Er musste den

Tod alleine davon abhalten, ihm oder Tante Sharon die Seele zu klauen.

Der Sensenmann war ein Stück zurückgewichen und betrachtete Otto mit schief gelegtem Kopf, als sei er ein außergewöhnliches Tier.

Otto nahm all seinen Mut zusammen und ergriff das Wort: »Wenn du vorhast, mir etwas anzutun, kannst du's vergessen! Ich bin kerngesund. Und topfit. Bester Fußballer der ganzen Schule.« Okay, das war gelogen, aber egal. Ohne den Blick von dem Gerippe zu nehmen, tastete Otto nach dem Schürhaken und hielt ihn sich abwehrend vor die Brust. Das Ding war aus Eisen. Vielleicht konnte er den Kerl mit einem präzisen Hieb auf den Schädel unschädlich machen. »Und Tante Sharon ist sogar Vegetarierin und geht jeden Morgen um sechs Uhr joggen«, fuhr er fort, obwohl seine Hände zitterten. »Wir fühlen uns prima. Wenn du uns also um die Ecke bringen willst, musst du früher aufstehen.«

Der Tod hielt inne. Bevor Otto wusste, wie ihm geschah, machte sein Gegenüber zwei hastige Schritte auf ihn zu und hielt ihm mit einer knochigen, käseweißen Hand den Mund zu. »Schscht. Jetzt komm mal runter und halt die Klappe, junger Mann«, antwortete er mit einer Stimme, die ganz anders klang, als Otto es von einem Einbrecher-Skelett erwartet hatte. Nicht

mal im Ansatz gruselig. Eher wie eine coole Figur aus einem Trickfilm. »Genug mit der Hysterie. Oder bist du etwa ein Mädchen?«

Otto schüttelte die knochige Hand ab, um zu antworten. »Ich bin ein Junge. Und ich heiße Otto.«

Der Sensenmann wackelte mit dem Schädel, dann seufzte er. »Ein Junge, ach wirklich? Dann hätten wir das ja geklärt. Und jetzt hör mir mal zu: Ich muss diesen Auftrag hier zu Ende bringen. Wenn deine olle Tante von deinem Geschrei wach wird und mich stört, muss ich morgen Nacht wiederkommen. Denkst du, drei Nachtdienste in Folge sind witzig? Denkst du das?«

Otto schüttelte stumm den Kopf.

»Vielleicht kannst du deinen Nachbarn hier im Radieschenweg mal nahelegen, lieber tagsüber zu sterben«, motzte der Sensenmann weiter. »Uns allen vom SBI wäre damit sehr geholfen. Womöglich schickt man dir dafür sogar eine Weihnachtskarte.«

»Was … was ist denn das SBI?« Otto hielt immer noch den Schürhaken vor seine Brust.

»Seelen-Beförderungs-Institut«, antwortete der Sensenmann knapp und deutete dabei auf die Rückseite seiner Kutte, wo drei dicke Buchstaben aufgenäht waren. *SBI.* »Miserabler Job. Miserable Bezahlung. Noch miserablere Dienstautos. Muss ich noch mehr sagen?«

Otto wusste keine Antwort darauf. Fassungslos sah

er zu, wie der Sensenmann zur Tür schlurfte, wo sich seine Gurkengläser stapelten. Stöhnend hob er eins auf und schleppte es zur Pendeluhr.

»Könntest mir ruhig mal helfen, Ottilie.«

»Ich bin kein Mädchen!«, schnaufte Otto empört. Der Typ war eindeutig nicht ganz dicht.

»Na gut, das heißt wohl keine Hilfe.« Der Tod seufzte. »Dann sei so gut und öffne zumindest die Tür der Pendeluhr, damit ich diese Seelen hier zeitgerecht ins Jenseits liefern kann. Wenn sie zu spät eintreffen, ziehen die mir das vom Gehalt ab. Ist ein bisschen wie beim Pizzaservice.«

Verwirrt legte Otto den Schürhaken beiseite und spähte ins Innere der Pendeluhr. Was sagte der Sensenmann da? Er lieferte die Gurkengläser ins Jenseits? Befand sich das Tor zur Unterwelt etwa in … Tante Sharons Pendeluhr? Das konnte doch wohl nur ein Scherz sein!

»Wird's bald?«, schnaufte der Sensenmann hinter ihm. »Das Ding hier ist nicht gerade leicht. Der Typ war wohl gewaltig übergewichtig zum Zeitpunkt seines Todes.« Er warf einen Blick aufs Etikett des Gurkenglases. »An Leberverfettung verstorben. Wusste ich's doch. Zwei von drei Todesursachen errate ich blind. Erstaunlich, oder?« Er grinste Otto an.

»Ähm, tut mir leid, dich enttäuschen zu müssen,

Mr … ähm … Tod. Aber ich fürchte, du hast dich in der Adresse geirrt«, murmelte Otto und öffnete den Kasten. Gleich würde der Tod entdecken, dass es in Tante Sharons Pendeluhr keinen Pfad ins Jenseits gab. »In dieser Uhr befindet sich bloß ein altes Pendel –« Otto stockte. »Und … ein Fließband?« Er blinzelte irritiert.

Tatsächlich. Unter dem Pendel zog sich ein Förderband bis tief ins Mauerwerk. Es sah fast so aus wie die Glasflaschen-Rückgabe im Supermarkt.

»Na ja, das Fließband verläuft da natürlich nicht immer«, erklärte der Sensenmann und drückte Otto ein Gurkenglas in die Hand. »Vorsichtig draufstellen, zerbrechlich. Nur wenn ich den Code übers Ziffernblatt eingebe, ertönt ein dreizehnter Schlag und öffnet damit das Portal.« Seine Stimme wurde etwas tiefer, dabei ließ er seine Augen aufblitzen. »Und dann geht's abwärts, geradewegs in den Schlund der Hölle. Hahaha!«

Otto schluckte. »Oh mein Gott.«

»Nur ein Scherz, Prinzessin.« Er reichte Otto ein weiteres Gurkenglas. »Das hier sind die harmlosen Fälle. Für die geht's ins Jenseits. In den Himmel. Oder wie auch immer du es nennen willst. Und dort spielen sie Bridge, lösen Kreuzworträtsel und sehen sich Talkshows an. Ungefährlich. Und sterbenslangweilig.«

»Talkshows? Das ist nicht dein Ernst!« Otto überlegte gerade, was für Talkshows wohl im Jenseits gezeigt wurden, aber der Sensenmann riss ihn aus seinen Gedanken.

»Okay, das war das letzte Glas. Drück den roten Knopf für die Quittung und gib sie mir.«

Otto gehorchte. Er wunderte sich schon gar nicht mehr, dass sich über dem Fließband tatsächlich ein roter Knopf befand.

»Nicht mal hundert Pfund für drei Nächte Arbeit«, seufzte der Sensenmann, nachdem er die Quittung studiert hatte. »Mit der Bezahlung werde ich mir nie ein anderes Auto leisten können. Für dieses müsste ich mich auf der Straße schämen, wenn das hässliche Ding nicht unsichtbar – « An dieser Stelle brach er ab und öffnete seine Kiefer in vollkommenem Erstaunen. »Warum zum Geier kannst du mich eigentlich sehen? Hast du nicht behauptet, du wärst ein Mensch, Otto?«

»Ich dachte, *du* könntest mir das sagen«, antwortete Otto verwirrt.

»Seltsam. Absolut seltsam«, murmelte der Tod und schüttelte ungläubig den Kopf. »Ich bin übrigens Harold. Im Dienste des SBI seit fünfhundertzwanzig Jahren. Und ich liefere täglich Seelen durch euer hauseigenes Jenseitsportal.«

»Ähm … okay.« Otto schluckte. »Und … warum ausgerechnet durch unseres? Ist es das einzige Portal zum Jenseits?«

»Das einzige? Wo denkst du hin!«, antwortete Harold, doch dann sah er weg und betrachtete verlegen seine löchrigen Turnschuhe. Der rechte war rot, der linke blau. »Aber das nächste ist in West-London. Also, ich hoffe, es ist okay, wenn ich einstweilen eures …«

»Tu dir keinen Zwang an«, seufzte Otto. Wie abgefahren war das denn? Jetzt erteilte er schon Genehmigungen zur Nutzung seines hauseigenen Jenseitsportals, von dessen Existenz er bis vor fünfzehn Minuten noch nichts geahnt hatte.

»Tausend Dank, Freundchen.« Weil Harold keine Gesichtszüge besaß, war sich Otto nicht ganz sicher, aber es sah beinahe so aus, als lächelte er. »Das ist gut. Denn ich fürchte, mein Auto schafft es nicht mal mehr bis zur Stadtgrenze.«

Recherchen

Hier haben wir's«, sagte Emily und deutete auf den Bildschirm des Computers. Otto und Emily saßen in der Schulbibliothek. Sie hatten sich absichtlich den Tisch ganz hinten bei den uralten lateinischen Schriften ausgesucht, den einzigen Ort, an den sich nicht mal die schlimmsten Streber der Sigmund-Schwefelkopf-Schule verirrten. Ottos und Emilys Recherche sollte keinesfalls dafür sorgen, dass die beiden als noch schräger galten, als sie es ohnehin schon taten. Und das würden sie garantiert, falls jemand sah, welche Begriffe sie seit dem Mittagessen durch die Suchmaschinen jagten.

»Die Figur des Sensenmannes tritt seit dem Mittelalter in Sagen auf und wird auch als Knochenmann oder Gevatter Tod bezeichnet«, las Emily vor und schob sich konzentriert eine Haarsträhne hinters Ohr. »Demnach erscheint diese fiktive Schauergestalt vor dem Ableben eines Menschen und trägt als Merkmale Sense und Sanduhr mit sich.«

Neben dem Online-Lexikoneintrag war sogar eine Zeichnung abgebildet, die dem Sensenmann von gestern ein wenig ähnlich sah – auch wenn sie deutlich unheimlicher wirkte als dieser patzige Harold.

Otto kaute nachdenklich auf seiner Unterlippe. »Ich fürchte, das Internet ist eine Sackgasse. Alle Quellen geben an, dass es sich bei Sensenmännern um Fantasiegestalten handelt. Es klingt fast so, als wäre außer mir noch niemand einem Sensenmann begegnet. Zumindest niemand, der noch lebt.«

Emily sah ihn verwundert an. »Die Sache mit der Sense hat doch gestimmt.«

»Das schon. Aber eine Sanduhr hatte er nicht dabei«, widersprach Otto und griff nach seinem Rucksack. Emily und er hatten fast den ganzen Nachmittag hier verbracht. Zum Glück war Mathe ausgefallen, und so hatten die beiden sich in die Bibliothek verkrümelt, wo Otto seiner Freundin gleich von der nächtlichen Begegnung mit Harold berichtet hatte. Nun wurde es draußen bereits dunkel. Es war Zeit, nach Hause zu gehen. Falls Otto zu spät kam, würde Tante Sharon das sofort merken. Sie hatte schließlich genug Uhren.

»Ich frage mich, wie die Leute vom SBI ohne Sanduhren wissen, wann es Zeit ist, eine der Seelen abzuholen«, überlegte Emily und fuhr den Computer herunter.

Darauf wusste Otto Antwort. »Sanduhren sind Schnee von gestern. Das SBI arbeitet mit der Technik von morgen«, wiederholte er Harolds Worte von gestern. »Statt Sanduhren besitzen Sensenmänner inzwischen topmoderne Seelen-Messenger. Die neuesten Modelle. Wasserdicht, stoßsicher und mit extralanger Akkulaufzeit.«

»Seelen-was?« Emily hob die Augenbrauen. »Kann man so ein Ding im Internet bestellen?« Es kam nicht gerade oft vor, dass ein Hightech-Gerät in der Sammlung der technikverliebten Emily fehlte. Vermutlich setzte sie den Seelen-Messenger gerade auf ihre gedankliche Wunschliste an den Weihnachtsmann.

»Denke nicht«, meinte Otto. »Harold sagt, diese Seelen-Messenger findet man in jedem gut sortierten Fachhandel – allerdings im Jenseits«, stellte er klar, als sie durch die Tür der Bibliothek zurück in die Aula traten. Um diese Zeit glich die Sigmund-Schwefelkopf-Schule einem verlassenen Museum. Verschiedene Modelle chemischer Elemente säumten den Gang und an der Wand hingen mehrere Schwarz-Weiß-Fotografien, die den verstorbenen Schulgründer Sigmund Schwefelkopf zeigten. Er war ein berühmter Chemiker gewesen und sogar für den Nobelpreis nominiert worden. Leider war sein Labor kurz vor der Verleihung in die Luft geflogen – und er gleich mit. Seine Leiche hatte man nie gefunden. Es wurde vermutet, dass er sich bei der Explosion in seine Moleküle aufgelöst hatte.

»Schade, dass ich nicht auch so ein Gerät haben kann«, bedauerte Emily. »Es hätte was für sich, sein Sterbedatum zu erfahren.«

»Bei dir piept's wohl!«, widersprach Otto und boxte sie scherzhaft in die Seite. »Niemand, der noch ganz klar im Kopf ist, will wissen, wann sein letztes Stündchen schlägt. Findest du nicht?«

Emily schwieg, als sie an einer Büste von Sigmund Schwefelkopf vorbeigingen. Sie schien über Ottos Worte nachzudenken. Erst als sie durch den Haupteingang in den Schulhof gelangten, fragte sie: »Wie sehen die Seelen-Messenger denn aus?«

»Wie Smartphones. Darauf kann man sogar Galgenmännchen spielen und SMS empfangen. Bloß dass Harolds SMS nicht von seinen Kumpels stammen, sondern ihn über die neuesten Aufträge informieren. Er erhält Namen und genaue Adressen der Personen, deren Zeit abgelaufen ist.«

Emily schluckte. »Ach du dickes Ei! Das klingt ja wie die Arbeit eines Auftragskillers.«

Otto grinste innerlich. Genau so hatte er auch reagiert, als Harold ihm von dem Seelen-Messenger erzählt hatte. Doch Harold hatte nichts davon hören wollen.

»Auftragskiller? Das verbitte ich mir!«, hatte er geantwortet und ausgesehen, als würde er die Nase rümpfen. Leider hatte Otto das wegen des fehlenden Riechorgans nicht genau feststellen können. »Manche nennen mich zwar ›Scary Harry‹, aber das macht mich noch lange nicht zu einem Killer! Ich hole die Leute nur ab. Sterben muss man schon selber. Das ist Schicksal.« Zum Schluss hatte er noch geschnaubt und vor sich hin gemurmelt: »Wenn uns die vom SBI das Töten auch noch aufhalsen, dann ist aber Sense! Dann gründe ich eine Gewerkschaft.«

»Wie wird man eigentlich Sensenmann?«, unterbrach Emily Ottos Gedanken, als die beiden bereits an Tante Sharons Gartentor angelangt waren. »Gibt's dafür eine Ausbildung?«

Otto schüttelte den Kopf. »Sensenmann zu sein ist kein Privileg, sondern eine Strafe. Eine Strafe für Menschen, die man nicht einfach ins Jenseits lassen will. Eine Art … äh … Bewährungsprobe.«

Emily starrte Otto mit großen Augen an. »Harold muss ja etwas schlimmes verbrochen haben, um nach seinem Ableben bestraft zu werden.«

»Kann schon sein. Seine Strafe lautete, 999 Jahre als Sensenmann zu schuften«, fuhr Otto fort. »Aber ... es gibt auch einen schnelleren Weg zur Vergebung. Und zwar, indem man einen lebenden Menschen überredet, seinen Restdienst als Sensenmann zu übernehmen.«

»Pff«, machte Emily. »Wer ist schon so dumm und lässt sich auf so einen Deal ein?« Sie blickte hoch zum Fenster von Ottos Zimmer. »Denkst du, Harold kommt heute wieder vorbei?«

Otto zuckte mit den Achseln. »Keine Ahnung. Ich hoffe nicht. Ich glaube, ich brauche nichts dringender als eine Portion Schlaf.«

»Oh.« Emily schien enttäuscht. »Aber weißt du was? Ich frage meine Eltern, ob ich am Wochenende bei dir übernachten kann. Wir könnten eine Pyjamaparty mit Sir Tony und den anderen Geistern feiern. Und vielleicht kommt ja auch Harold mit den Gurkengläsern auf einen Sprung vorbei.«

Otto grinste und winkte Emily zum Abschied. Das klang nach einem guten Plan. Und wer weiß, vielleicht würde sich Harold vor einem Mädchen seine mürrische Art abgewöhnen?

»Na, Kleiner? Wieder mit deiner Freundin rumgehangen?«, krähte Vincent vom Hutständer, kaum dass Otto über die Türschwelle getreten war und seine Jacke an den Garderobenhaken gehängt hatte. »Habt

ihr geknutscht?« Vincent schlang seine Flügel um den pelzigen Körper und machte Kussgeräusche. »Oh, Otto!«

»Klappe, Vince!« Otto verdrehte genervt die Augen. Nur weil er ein Mädchen zur Freundin hatte, bedeutete das noch lange nicht, dass er in sie verknallt war. Aber so was kapierten Fledermäuse nun mal nicht. Dafür war ihr Hirn zu klein.

Während Vincent kopfüber an einem Kleiderbügel schaukelte, warf Otto einen Blick in den Salon. Auf dem Wohnzimmertisch lag eine Notiz von Tante Sharon, die zwei Häuser weiter eine defekte Kaminsimsuhr abholen wollte.

Das traf sich wirklich gut. Immerhin war es längst an der Zeit, Tony, Bert und Molly über Harold in Kenntnis zu setzen. Und über das Tor zum Jenseits in Tante Sharons alter Wohnzimmerstanduhr.

Otto ging in die Küche und riss die Kühlschranktür auf.

»Schon mal was von Anklopfen gehört?«, motzte Bert. Er hatte seinen langen Körper zwischen die zweite und dritte Ablagefläche gequetscht und futterte sich gerade durch einen riesigen Laib Emmentaler.

»Keine Zeit. Ich habe Neuigkeiten, die euch interessieren dürften. Kannst du Tony und Molly holen? Treffpunkt in fünf Minuten in der Bücherkammer.«

»Das wird wohl … ein wenig schwierig«, murmelte Bert und versteckte den Brocken Käse schuldbewusst hinter seinem Rücken.

»Schwierig. Wenn nicht unmöglich«, ergänzte Molly, die auf dem eisernen Bratpfannenhalter über dem Herd Karussell fuhr. Die Pfannen und Schöpfkellen, die daran aufgehängt waren, schepperten laut. »Seit gestern Abend fehlt von Sir Tony jede Spur.«

Otto wurde stutzig. »Moment mal. Ihr wollt mir sagen, dass ihr Sir Tony schon seit gestern nicht mehr gesehen habt? Soll das heißen, dass … dass er verschwunden ist?«

Ein mulmiges Gefühl beschlich ihn. In den zwei Jahren, seit Otto in der Villa wohnte, war Sir Tony nie weiter als bis zum Gartentor geschwebt. Als der wahre und einzige Hausherr hielt er es für seine Pflicht, das Haus zu hüten und jeden Fremden zu vertreiben. Auch wenn ihm das nie gelang, denn die meisten Besucher nahmen von Tonys ausgelassenen Spukversuchen lediglich einen kühlen Lufthauch wahr. Und das versetzte leider niemanden in Angst und Schrecken.

»Erst fanden wir es toll, dass das Dickerchen weg war. Endlich kein lästiger Befehlston mehr. Kein ›Für euch beide immer noch *Sir* Tony‹«, spottete Molly, wobei sie Sir Tonys blasierten Tonfall täuschend echt nachahmte. »In all den Jahren seit seinem Tod hat Tony einfach nicht geschnallt, dass wir als Geister nicht länger seine Bediensteten sind.«

»Gegen Abend haben wir uns dann doch langsam Sorgen gemacht«, fuhr Bert fort und kletterte auf den Kühlschrank. »Wir haben ihn im ganzen Viertel gesucht. Ohne Erfolg.«

Das erklärte, warum es letzte Nacht so still gewesen war. »Habt ihr schon im Staubsauger nachgesehen?«, wollte Otto wissen.

Molly und Bert wechselten einen Blick. Den offensichtlichsten Ort hatten die beiden wohl vergessen. Im nächsten Moment lösten sie sich gleichzeitig in graue Nebelschwaden auf, vermutlich auf dem Weg in die Abstellkammer.

Otto seufzte und nahm sich einen Joghurt aus dem Kühlschrank. Bert und Molly konnten schon ziemliche Einfaltspinsel sein. Vermutlich schnarchte Sir Tony schon seit Stunden friedlich im Staubsauger und genoss es, dass Tante Sharon außer Haus war und nicht sauber machte.

»Kein Tony«, durchbrach Molly Ottos Gedanken, kaum dass er einen Löffel von seinem Joghurt gegessen hatte. Traurig schüttelte sie den Kopf und ließ ihre Lockenwickler hüpfen.

»Und auch kein Staubsauger«, ergänzte Bert mit gerunzelter Stirn. »Das heißt – anstelle des Staub-O-

Mats, den deine Tante seit einem Vierteljahrhundert verwendet, steht da jetzt ein silbern glänzendes Gerät mit der Aufschrift *Dustbuster 3000*. Ich finde, das Ding sieht ein wenig wie ein Raumschiff aus.«

»Soll das heißen, Tante Sharon hat den alten Staubsauger weggeschmissen? Samt Tony?« Ottos Kinnlade klappte herunter. Der Appetit war ihm plötzlich vergangen. Aufgeregt ging er in Gedanken die Mülldeponien durch, die es außerhalb der Stadt gab. Ob man den alten Staub-O-Mat in all dem Gerümpel wiederfinden konnte?

»Sieht ganz so aus.« Molly stockte. »Oh. Ich glaube, du solltest besser aufhören, mit der offenen Kühlschranktür und dem Bratpfannenhalter zu quatschen, Otto. Denn du bekommst Gesellschaft. Mach's gut.«

»Aber –«, setzte Otto nach, doch da hörte er bereits, wie sich der Haustürschlüssel im Schloss drehte. Jetzt hieß es keine Zeit verlieren!

»Tante Sharon!« Otto knallte die Kühlschranktür zu und stürmte in den Flur. »Wo … wo steckt der Staubsauger? Ich brauche ihn ganz dringend. Es ist … ein Notfall!«

Tante Sharon stellte die Kiste mit der kaputten Kaminsimsuhr ab. Misstrauisch sah sie Otto an. »Den Staubsauger? Was hast du angestellt?«

Otto schluckte. »Äh … Ich wollte bloß mein Zimmer sauber machen. Weiter nichts.« So plötzlich nach dem Staubsauger zu fragen, war doch keine so gute Idee. Sharon wusste, dass Otto sich fürs Saubermachen ungefähr so sehr interessierte wie für diese Videospiele, die zurzeit angesagt waren und in denen sich japanische Krieger die Rübe zerdepperten.

»Hm.« Ottos Tante blickte prüfend zur Salonwand, wo ihre riesige Uhrensammlung völlig intakt vor sich hin tickte. Ihre Gesichtszüge entspannten sich ein wenig. »Na fein. Das trifft sich gut. Erst gestern habe ich einem Vertreter ein neues Modell abgekauft. Ein Schnäppchen! Saugt ganz ohne Staubbeutel. Ist das nicht toll?«

Otto wurde ganz kalt. Da beschloss Tante Sharon einmal, Geld auszugeben, und dann musste sie ausgerechnet den Staubsauger auswechseln. »Aber … was ist mit dem Staub-O-Mat? Der hat doch noch funktioniert!«

»Ach, das alte Teil hatte schon etliche Macken«, winkte Tante Sharon ab, als sie die Tür zur Abstellkammer öffnete. »Vorgestern hat das Rohr ein Knäuel Katzenhaare ausgespuckt.«

»Na und?«

»Otto! Ich halte seit zehn Jahren keine Katze mehr. Also hab ich das alte Ding dem Verkäufer gleich mitgegeben. Er hat angeboten, es kostenlos zu entsorgen.«

Tante Sharon seufzte und zog den nagelneuen Dustbuster 3000 aus dem Abstellraum. Das Gerät glich tatsächlich eher einem kleinen Raumschiff als einem Staubsauger. Auffordernd hielt sie Otto das silberne Ding hin. »Nach oben tragen musst du ihn schon selbst. Viel Spaß beim Saugen, junger Mann. Und sei gründlich. Unter deinem Bett ist es dreckiger als in den Abwasserkanälen Londons.«

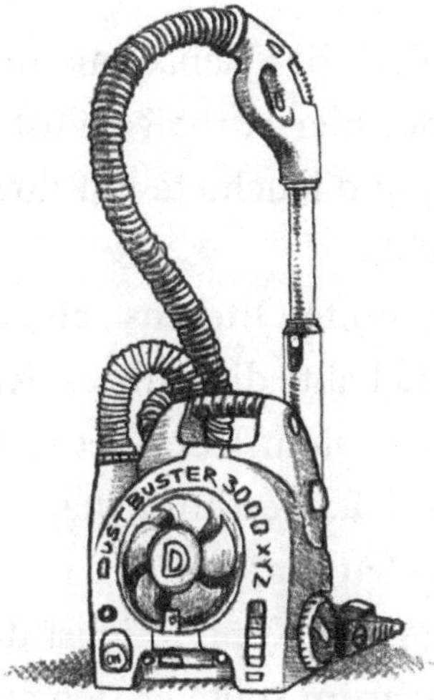

Ein falscher Verdacht

Und du denkst, der Sensenmann kommt heute Nacht wieder hier vorbei?«, flüsterte Emily hinter dem Vorhang und leuchtete mit ihrer Taschenlampe in Ottos Gesicht.

»Möglich«, brummte Otto aus seinem Versteck unter der Treppe und ballte die Fäuste. »Ich würde es diesem Gerippe nicht raten. Jede Wette, dass Harold Sir Tony verschleppt hat. Bestimmt hat er was mit dem Staubsaugertausch zu tun.«

Emily schüttelte den Kopf. »Ziehst du da nicht voreilige Schlüsse? Warum sollte er sich als Vertreter verkleiden, nur um einen nervigen Geist zu kidnappen?«

»Hast du etwa vergessen, dass Harold für jede Seele Kohle bekommt?«, warf Otto ein. »Dem ist jedes Mittel recht! Er hat Sir Tony in ein Gurkenglas gestopft und jetzt will er ihn aufs Förderband schaffen.« Entschlossen griff er nach Tante Sharons gusseiserner Bratpfanne. Wenn der Sensenmann mit Tony im Glas zur Tür hereinspazierte, würde er ihm mit der Pfanne eins überbraten. Otto wusste nicht, ob man ein Skelett k.o. schlagen konnte. Aber einen Versuch war es wert.

Emily überlegte. »Du meinst also, Harold will Tony zu Geld machen?«

»Der Typ geht über Leichen«, versicherte ihr Otto. Er lachte traurig. »Und zwar nicht nur im übertragenen Sinn.«

Heute Nacht musste einfach etwas passieren. Inzwischen waren schon drei ganze Tage ohne ein Lebenszeichen von Sir Tony vergangen. Vor lauter Verzweiflung war Otto sogar zur Sperrmülldeponie geradelt, um dort nach Tante Sharons altem Staub-O-Mat zu suchen. Erfolglos.

Emily hatte ihn schließlich auf die Idee gebracht, Harold nachts im Wohnzimmer aufzulauern. Sie hatte ihm sogar ihre Unterstützung angeboten. Natürlich hatte Otto sofort durchschaut, dass sie hoffte, selbst einen Blick auf den Sensenmann zu erhaschen. Trotzdem war er froh, dass er nicht allein war.

Emily hingegen war ganz in ihrem Element. Sie hatte sich mit allerlei Ausrüstung bewaffnet: Ein alter Camcorder, eine Polaroidkamera und ein Diktiergerät.

Das Ganze hatte sie bereits bei Sir Tony, Bert und Molly ausprobiert und es hatte nicht geklappt. Otto hatte schon oft versucht, sie davon zu überzeugen, dass man übernatürliche Wesen nicht auf Fotopapier, Celluloid oder Tonband bannen konnte, aber Emily ließ sich einfach nicht davon abbringen.

Sie malte sich bereits aus, wie die Schlagzeile der Stadtzeitung lauten würde: *Schülerin gelingt Sensation: Emily (12) filmt paranormale Aktivität und stellt damit die Wissenschaft auf den Kopf.*

Inzwischen war es fast Mitternacht. Außer dem gleichmäßigen Ticken von Tante Sharons Uhren herrschte Totenstille.

»Langsam könnte sich dein Harold mal hier blicken lassen«, quengelte Emily und prüfte ihre Videokamera. »Der Akku von dem Ding hält nicht ewig. Und das Diktiergerät hat bis jetzt nur die Kuckucksuhr aufgenommen – «

Mit einem lauten Rumsen flog die Tür auf. Otto hielt den Atem an und sein Blick schnellte zu der dunklen Gestalt, die im Türrahmen aufgetaucht war.

Otto zögerte. Er war nicht ganz sicher, ob es sich tatsächlich um Harold handelte. Der Fremde balancierte Dutzende Gurkengläser, die Otto die Sicht auf seinen Oberkörper versperrten. Aber unter der Kutte konnte er verschiedenfarbige Turnschuhe erkennen.

»Ich glaube, das ist er«, zischte Otto in Emilys Richtung. »Sag schon, kannst du ihn sehen, Em?«

»Leider nein«, flüsterte Emily zurück. Sie klang enttäuscht. »Ich sehe und höre nichts. Das heißt, bis auf die Tür, die aufgegangen ist.«

Das hatte Otto vermutet. Den Sanitätern, die neulich wegen Mr Olsen gekommen waren, waren Harold und sein komisches Auto auf drei Rädern ebenfalls nicht aufgefallen. Offensichtlich verhielt es sich mit Sensenmännern ähnlich wie mit Geistern. Sie waren für jedermann unsichtbar. Für jedermann bis auf Otto.

»Meine Güte!«, fluchte der Besucher und warf mit dem Fuß die Tür hinter sich zu. Er hatte ganz offensichtlich miese Laune. »Mussten heute so viele das Zeitliche segnen?«, schimpfte er vor sich hin. »Zehn Seelen in zehn Städten. Und das bei diesen Benzinpreisen!« Er seufzte. »Die Menschen pflegen einen viel zu schlechten Lebensstil. Zu viel Fast Food. Zu wenig Gemüse. Zu viele Zigaretten. Und vor allem – «

»Keine Bewegung!« Otto nahm all seinen Mut zusammen und sprang aus seinem Versteck hervor. Bedrohlich schwang er die Bratpfanne. Zumindest hoffte er, dass es bedrohlich wirkte. Weil das Ding so schwer war, musste er den Griff mit beiden Händen umfassen.

»Ganz genau, Kleiner«, antwortete Harold trocken,

der Otto offensichtlich missverstanden hatte. »Sie treiben kaum Sport … uff …« Der Sensenmann lud die vielen Gläser auf dem Wohnzimmertisch ab. »… und sitzen lieber stundenlang vor der Glotze. Kein Wunder, dass die Gläser so schwer sind …«

»Ich sagte, keine Bewegung!«, wiederholte Otto. Es klang leider nur halb so einschüchternd wie er beabsichtigt hatte. Harold reagierte nicht. Nervös betrachtete Otto die glühenden Gurkengläser. In einem davon musste Sir Tony feststecken. Nur in welchem?

»Sag ›Cheese‹, Sensenmann!«, schrie Emily und machte einen Satz aus ihrem Versteck hinter dem Vorhang. Dabei richtete sie die Polaroidkamera in die Richtung, in der sie Harold vermutete. Harold fuhr herum, genau in dem Moment, als Emily abdrückte.

Irritiert schüttelte er den Kopf. »Ist die verrückt? Also wirklich, Otto. Du hast echt seltsame Freunde. Und ich dachte, die fliegende Ratte wäre nervig.«

»Das ist Emily. Sie kann dich zwar weder sehen noch hören, aber ich hab ihr von dir erzählt«, knurrte Otto, dann hob er wieder die Bratpfanne. »Das heißt, bevor ich wusste, dass du ein elender Dieb bist. Ein Verräter, der meinen Hausgeist geklaut hat, um dieses dämliche Jenseitspfand einzukassieren.«

»Wovon zur Hölle redest du?« Harold kratzte sich verwirrt den knochigen Schädel, während Emily das

Polaroid schüttelte, auf dem sich langsam ein Bild formte. »Ich hab keine Ahnung, was du –«

»Aaaaah!« Emilys greller Schrei fuhr durch das Wohnzimmer. Vor Schreck ließ sie das Polaroidfoto fallen und sank auf den Sessel am Fenster.

Otto ging hinüber und starrte auf das Bild am Fußboden. Er war selbst überrascht. Emily hatte es tatsächlich geschafft, den Sensenmann auf einem Foto festzuhalten. Auf dem Bild starrte Harold direkt in Emilys Linse und schnitt dabei eine furchtbare Grimasse.

Arme Emily. Das war zu viel für sie.

»Mensch, Harold, musst du sie so erschrecken?«, schimpfte Otto.

»Schscht.« Harold hob den Finger an den Mund und blickte zur Decke. Im Obergeschoss quietschte eine Zimmertür, dann waren Schritte zu hören. »Wir bekommen Gesellschaft.«

»Otto? Emily?«, ertönte Tante Sharons Stimme von oben. »Ich habe jemanden schreien gehört. Ist alles in Ordnung mit euch?«

Oh, Mist. Tante Sharon war wach. Was sollte er denn jetzt nur sagen? Was, wenn sie ins Wohnzimmer spazierte und Otto mit ihrer Bratpfanne in den Händen entdeckte? Sollte er behaupten, er hätte einen Einbrecher gehört?

Hilfe suchend blickte Otto zu Emily, doch die hing immer noch leichenblass in Tante Sharons Ohrensessel und starrte ins Leere.

»Äh … wir wollten uns nur etwas Schokoladenmilch aus dem Kühlschrank holen. Emily hat sich dabei erschreckt«, flunkerte Otto. »Du weißt schon, all die Uhren an den Wänden …«

Einen Augenblick war es still, dann hörte er Tante Sharon seufzen. »Otto, ich hab dir schon oft erklärt, wie ungesund es ist, nachts an den Kühlschrank zu gehen. Das bringt den Körper völlig durcheinander.« Kurz darauf entfernten sich ihre Schritte und die Schlafzimmertür fiel wieder ins Schloss. Otto atmete erleichtert auf.

»Es gibt ihn also wirklich«, hauchte Emily, die offenbar nichts von dem Zwischenfall mitbekommen hatte. »Und ich habe ihn abgelichtet. Einen waschechten Sensenmann.« Sie schüttelte ungläubig den Kopf und blickte auf. »Oh, wie ich dich beneide, Otto! Du kannst ihn sehen, hören und mit ihm sprechen. Das muss so spannend sein!«

»Du willst mich sehen? Nichts leichter als das«, sagte Harold und beschrieb mit seiner Sense einen Kreis um seinen Kopf.

Erst verstand Otto nicht, was Harold da tat. Doch als Emily schließlich aufstand und langsam auf den Sensenmann zuging, wurde ihm alles klar. Harold konnte sich für Menschen sichtbar machen. Das war ja abgefahren!

»Jetzt kann mich jeder sehen. Nicht nur Emily, sondern auch deine Tante. Deine Nachbarn. Oder deine Klassenkameraden«, kommentierte Harold achselzuckend. »Falls du also heute Nacht noch Besuch erwartest, solltest du ihn vorwarnen.«

»Wie cool!« Emily betastete Harolds Kutte und rieb den Stoff zwischen ihren Fingern, als wollte sie sichergehen, dass er sich nicht in Luft auflöste. »Wie hast du das angestellt? Und warum kannst du dich für Menschen sichtbar machen? Geister können das nicht.«

»Zum einen bin ich kein Geist«, erwiderte Harold, als wäre die Bezeichnung eine Beleidigung. »Und zum anderen bringt das der Job so mit sich.« Er verdrehte die Augen. »Hie und da besuchen wir Menschen, die sich auf dem falschen Weg befinden. Um sie zu erschrecken und zu bekehren.«

»Echt?«, staunte Emily.

»Kennst du die Geschichte, in der drei mysteriöse

Wesen an Weihnachten diesen Fiesling besuchen, dessen Namen ich vergessen habe? Das waren natürlich in Wirklichkeit Sensenmänner.« Harold nickte stolz. »Und wenn es den armen Kerlen so ging wie mir, hat man ihnen diese Überstunden auch nie ausbezahlt. Nicht mal an Weihnachten.« Er seufzte tief.

»Aber ich laufe lieber unsichtbar durch die Gegend. Sonst starren die Leute. Außer an Halloween. Da falle ich nicht auf.«

»Dein Job wird schlecht bezahlt, deswegen hast du auch keine Kohle«, hakte Otto wütend ein, der die Etiketten von Harolds Gurkengläsern studierte. »Und da hast du dir Tony geschnappt, um ihn zu Geld zu machen. Aber das kannst du vergessen!«

»Wie oft denn noch?« Genervt nahm Harold Otto das Glas aus der Hand. »Das hier ist nicht dein Hausgeist Tony. Das ist Robert Jackson, achtundneunzig Jahre alt, gestern gestorben an einer fiesen Lungenentzündung.«

Otto hob drohend die Pfanne. »Na und? Wer sagt mir, dass du mich nicht belügst?«

»Guck dir doch mal die Etiketten an«, empfahl Harold und schraubte inzwischen an der Pendeluhr herum. Im nächsten Moment begann das Uhrwerk zu schlagen, ganze dreizehn Mal. »Fällt dir etwas auf?«

Otto ließ die Pfanne sinken und betrachtete die Gläser erneut. Verstorben heute, verstorben gestern, verstorben letzten Mittwoch … Die genauen Sterbedaten lagen noch nicht lange zurück.

»Ich könnte deinen Tony gar nicht ins Jenseits schaffen«, klärte Harold das Rätsel auf, als im Uhrenkasten das Förderband zum Vorschein kam. Er griff nach Mr Jacksons Glas und hielt es hoch. »All diese Menschen sind höchstens seit dem letzten Vollmond tot. Achtundzwanzig Tage. Nach Ablauf dieser Frist kann ich sie nicht mehr ins Jenseits bringen. Danach sind sie dazu verdammt, hier auf ewig zu spuken.« Er seufzte. »So, und jetzt nimm die Bratpfanne weg, du Spinner. Ich habe keine Lust auf einen Schädelbasisbruch.«

Otto gehorchte. Enttäuschung machte sich in ihm breit. Was Harold sagte, ergab Sinn. Sir Tony war doch schon seit vielen Jahren tot. Er konnte gar nicht mehr ins Jenseits gelangen.

»Das heißt also, Sir Tony muss noch hier sein. Hier, in meiner Welt«, kombinierte Otto.

»Bingo, Pappnase.«

»Mist. Dann haben wir jetzt keinen Anhaltspunkt mehr«, stellte Emily fest. Sie hatte das Polaroid aufgehoben und drehte es unschlüssig in ihren Fingern.

»Doch, haben wir«, widersprach Otto. »Wir wissen, dass ein mysteriöser Staubsaugervertreter seit Tagen den Radieschenweg unsicher macht. Ich habe seinen Lieferwagen entdeckt.«

»Na bitte«, brummte Harold. »Das ist schon ein Hinweis.« Er stellte das letzte Glas aufs Förderband, riss die Quittung ab und schloss den Uhrenkasten. »Genug gearbeitet. Und ich schätze, jetzt ist eine Entschuldigung fällig.« Er blickte Otto und Emily erwartungsvoll an.

»Tut uns leid«, murmelten sie beide gleichzeitig.

»Fein. Ich verzeihe euch.« Harold gab sich gönnerhaft. »Doch als Gegenleistung werde ich das Polaroid behalten. Auf diesem Schnappschuss sehe ich todschick aus, findet ihr nicht?«

»Aber das wollte ich doch an die Stadtzeitung –«, stammelte Emily, während Harold sein Schmetterlingsnetz schwang. Blitzschnell beförderte er das Bild aus ihren Händen in sein Netz.

»Mach dir nichts draus, junge Dame. Das Foto ist nichts wert. Niemand will einen dusseligen Sensenmann sehen«, scherzte Harold und klopfte ihr kameradschaftlich auf die Schulter. »Nächstes Mal versteckst du dich besser hinter dem Vorhang der Queen und knipst sie im Pyjama. Und die Bilder gibst du mir. Ich habe dafür Abnehmer.«

Otto grinste. Harold war schon ein schräger Vogel. Eigentlich war er ziemlich in Ordnung. Wie blöd, dass

Otto ihn für Sir Tonys Kidnapper gehalten hatte. Wer weiß, vielleicht konnte er ihm und Emily sogar bei der Suche nach Sir Tony helfen. Ein Sensenmann als Kumpel. Ungewöhnlich, fand Otto. Ungewöhnlich, aber ziemlich cool.

Willkommen in Scaryland!

Am Donnerstag fehlte von Sir Tony noch immer jede Spur. Niemand war da, der sich über Staubsaugerlärm mokierte, Bert und Molly anschnauzte oder Tante Sharon erschrecken wollte. Das Haus fühlte sich leer an, so ganz ohne seinen heimlichen Hausherrn.

Selbst als er im Bus nach Scaryland saß, konnte Otto an nichts anderes denken. Vincent gab sich alle Mühe, ihn aufzuheitern. Er plusterte sich auf und sprach affektiert, um Tony zu imitieren. »Dieses ständige Gewackel ist äußerst unerfreulich. Otto, könntest du den Busfahrer bitten, die Schlaglöcher zu umfahren?«

Otto fand das überhaupt nicht witzig. Seine Laune war im Keller. »Pssst«, zischte er in seinen Rucksack, »sonst hört dich noch jemand!«

»Jetzt komm schon, Otto.« Emily stupste ihn an. »Sei

doch froh, dass heute kein Unterricht ist. Hey, wir fahren nach Scaryland. In den gruseligsten Vergnügungspark Englands. Gänsehaut garantiert«, zitierte sie die Werbeplakate, die an jeder Straßenecke klebten.

»Und das soll mich ablenken?«, seufzte Otto und starrte dabei apathisch aus dem Busfenster. »Ein Vergnügungspark, voll mit falschen Geistern? Lauter hirnlosen Maschinen und verkleideten Schaustellern?« Er schnaubte. »Geister erinnern mich an Sir Tony.«

»Hey, Bleichgesicht«, ertönte eine Jungenstimme hinter Otto und Emily. Stan drückte seinen runden Kopf durch den Spalt zwischen den Sitzen. Er war der selbst ernannte Klassenclown und lästiger als Fußpilz. »Wer zum Geier ist denn Sir Tony?«

Emily fuhr herum. »Wenn du es genau wissen willst: Ottos Hamster«, log sie geistesgegenwärtig und warf ihm einen giftigen Blick zu. »Er ist zurzeit unauffindbar. Aber ich wüsste nicht, was dich das – «

»Oooch, sein Hamster«, jaulte Stan und ließ seine Unterlippe bibbern wie ein heulendes Kleinkind. Typisch Stan. Er war eine echte Plage. »Ich überprüfe besser mal meine Reifen, vielleicht hab ich deinen Sir Tony ja mit dem Fahrrad überfahren.«

Otto warf Emily einen bösen Blick zu, während sich Stan wieder seinem Wurstbrot widmete. »Mein Hamster? Na, schönen Dank auch.«

»Was denn?«, zischte Emily zurück. »Soll Stan etwa erfahren, dass Tony ein Geist ist?« Sie hob die Augenbrauen. »Das fände er garantiert megawitzig.«

»Wir sind da«, unterbrach Mr Walker das Gespräch und baute sich im Mittelgang des Schulbusses auf. »Willkommen in Scaryland.«

Mr Walker war Biolehrer an der Sigmund-Schwefelkopf-Schule. Er war hager, hatte schütteres Haar und trug eine runde Brille auf seiner Nase.

Mr Walker hasste Exkursionen. Wenn es nach ihm gegangen wäre, hätte Ottos Klasse den Nachmittag mit fader Theorie zugebracht. Einzeller. Und Zellteilungen. Aber da Mr Bleu, der Besitzer von Scaryland, der Schule einen kräftigen Rabatt für den Park angeboten hatte, hatte er sich überreden lassen.

»Dicht beisammen bleiben, verstanden?«, rief er, als die Schüler aus dem Bus kletterten. »Zweierreihen, keiner entfernt sich von seinem Nachbarn. Klogänge müssen bei mir angemeldet werden.«

»Schlimmer als bei der Army«, flüsterte Otto, als Mr Walker an ihnen vorüberging. Vorsichtig lugte er in seinen Rucksack, wo Vincent gerade seine Vampirzähne in Ottos Pausenbrot rammte. »Mr Walker ist heute schlecht drauf. Besser, du bleibst in meiner Tasche. Wir sollten nichts riskieren.«

»Oh Mann«, quengelte Vincent mit vollem Mund.

»Ausgerechnet dieser Langweiler? Der Mann ist vollkommen humorbefreit.«

»Schschscht«, machte Otto, doch Mr Walker hatte ihn schon im Visier.

»Was sagtest du gerade, Otto?«, wollte er wissen. Dabei beäugte er misstrauisch Ottos Rucksack.

»Äh … nichts.« Otto versetzte dem Rucksack einen Klaps, woraufhin Vincent einen unterdrückten Schrei ausstieß. Verdammt! Es fehlte gerade noch, dass Vincent ihn wieder in einen Schlamassel reinritt und damit den Tag völlig ruinierte.

Mr Walker zog die Augenbrauen hoch.

»Mr Walker, … das … war bloß mein Handy«, stotterte Otto.

»Ah ja.« Der Lehrer bedachte Otto mit einem prüfenden Blick. Seit er neulich den Biotest verhauen hatte, vermutete Mr Walker offenbar, dass etwas mit Otto nicht stimmte. Immerhin gehörte er sonst zu den besten Schülern der Klasse.

»Ist die Schnarchnase endlich weg?«, vergewisserte sich Vincent und steckte den Kopf aus dem Rucksack.

»Er kauft bloß die Tickets! Und jetzt sei endlich ruhig. Sonst bringe ich meinen Rucksack ins Fundbüro«, zischte Otto und drückte die Fledermaus zurück in die Tasche, gerade rechtzeitig, bevor Mr Walker mit einer Rolle Tickets zurückkam.

»Das sind eure Karten«, rief der Lehrer und machte sich daran, sie zu verteilen. »Sie gelten für das Geistermuseum, die übersinnliche Achterbahn und den schaurigen Souvenirladen.«

»Stimmt es eigentlich, dass der Park auf einem alten Friedhofsgelände erbaut wurde?«, rief Stan aus der Menge. »Und dass es deshalb wie verrückt hier spukt? Das steht zumindest auf den Plakaten.«

Mr Walker rollte mit den Augen. »Friedhof, papperlapapp! Das ist doch nichts als ein Werbetrick. Genau wie …« Er deutete auf einen Mitarbeiter in einem Frankenstein-Kostüm, der Zuckerwatte verkaufte. »… der da!«

Tatsächlich schienen sich alle gruseligen Versprechen von Scaryland in Schall und Rauch aufzulösen, als Otto und Emily sich umsahen. Das Geistermuseum bestand aus einer Sammlung unscharfer Fotografien mit weißen Flecken, die Spukgestalten darstellen sollten. Dann gab es eine Karte mit den verwunschensten Plätzen der Welt. England war voll davon. Und zuletzt entdeckten Otto und Emily eine knisternde Bandaufnahme, auf der angeblich der Schrei eines Geistes zu hören war.

»Ein Schrei, dass ich nicht lache. Ich wette, das ist bloß eine quietschende Tür«, kommentierte Emily und folgte Otto nach draußen. »Und dieser weiße Fleck vorhin auf dem Foto war kein Lichtwesen, sondern eine Katze. Das sieht doch ein Blinder.«

»Ultralahmer Park«, maulte Stan und pfefferte einen Lolli in Form einer Fledermaus in den Mülleimer. Zum ersten Mal schien er derselben Meinung zu sein wie Otto und Emily. »Die Attraktionen sind fad und die Süßigkeiten sind widerlich. War das etwa schon alles?«

»Du würdest dich wundern«, sagte eine männliche Stimme hinter ihnen. »Die gruseligste Attraktion von allen hat noch gar nicht geöffnet.«

Die drei fuhren herum. Hinter ihnen war ein elegant aussehender Herr im schwarzen Anzug aufgetaucht. Sein dunkles Haar war zurückgekämmt und seine Zähne blitzten, als er lächelte.

»Wer sind Sie denn?«, fragte Stan träge und musterte ihn. »Lassen Sie mich raten. Graf Dracula?«

Der Fremde verzog keine Miene. »Ich bin Philippe Bleu«, stellte er sich vor und schüttelte Stan freundlich die Hand. »Besitzer von Scaryland. Und Herrscher über die Geister.« Er grinste amüsiert. »Und ihr seid dann wohl die Schüler der Sigmund-Schwefelkopf-Schule?«

»Ja«, antworteten Otto und Emily wie aus einem Mund. Stan musterte Mr Bleu weiterhin skeptisch. »Und was soll das bitte schön für eine Attraktion sein? Ein Mensch im Werwolfkostüm?« Er schnaubte. »Ich grusel mich schon.«

»Nein. Ein Ort, der selbst die Mutigsten das Fürchten lehren wird.« Bleu deutete über ihre Köpfe hinweg. »*Voilà!* Das ist sie. Die Festung der Finsternis.«

Die drei Kinder drehten sich um. Hinter ihnen erhob sich eine riesige graue Festung. Die Mauern ragten bedrohlich meterhoch in den Himmel und die Türme waren mit Zinnen und Schießscharten versehen.

»Es handelt sich um eine echte mittelalterliche Burg«, erklärte Bleu. »Ursprünglich stand sie in den schottischen Highlands. Ich habe sie Stein für Stein hierherbringen und wieder aufbauen lassen.«

»Wow«, entfuhr es Emily. Auch Otto war beeindruckt. Komisch, dass ihm die Burg nicht vorher aufgefallen war. Sogar Vincent steckte jetzt neugierig seinen Kopf aus Ottos Rucksack und pfiff leise durch die Zähne.

»Oh, toll. Eine mittelalterliche Burg«, bemerkte Stan gelangweilt. »Ist ja ultragruselig. Wohnt da das Schlossgespenst?«

In Mr Bleus Gesicht erschien ein diabolisches Grinsen. Langsam beugte er sich zu Stan hinab und zischte: »Oh ja, und zwar nischt nur eines, jünger Mann. Die Festung ist nämlisch … verflucht! ’underte ruheloser Seelen geistern in ihr herüm. Und es werden täglisch mehr …«

Otto runzelte die Stirn. Ihm war aufgefallen, dass Bleu plötzlich mit einem französischen Akzent sprach. Der Typ war irgendwie unheimlich. Ob es in der Burg tatsächlich echte Geister gab?

Ihn beschlich ein schauderhafter Gedanke. *Und es werden täglisch mehr*, hatte Bleu gesagt. Was, wenn auch Sir Tony in dieser Burg spukte? Vielleicht hatte Bleu ihn irgendwie hierhergeholt. Doch wie sollte er das angestellt haben?

»Emily, hör mal«, flüsterte Otto, als Bleu sich schließlich umdrehte und ging. Er zog seine Freundin hinter eine Bude, an der ein neongrünes Monster neongrünes Softeis verkaufte. »Denkst du, dass er die Wahrheit sagt? Wenn Bleu tatsächlich echte Geister in seinem Park hat, könnte es doch sein, dass er –«

Emily reagierte nicht. Geistesabwesend starrte sie in die Ferne.

»Emily?« Otto blickte sie fragend an.

»Sieh nur!« Emily zeigte zu einer Absperrung, hinter der ein Auto geparkt war. »Ist das nicht der Wagen von dem Vertreter, der deiner Tante den alten Staubsauger abgeknöpft hat?«

Otto folgte ihrem Blick. Tatsächlich. Dort stand derselbe weiße Transporter, den er neulich im Radieschenweg entdeckt hatte. Der, dessen Besitzer offensichtlich eine Rechtschreibschwäche hatte. E.T. Donahue. Staupsauger An- und Verkauf stand in dicken Lettern auf der Seite des Wagens.

Das konnte doch kein Zufall sein. Irgendwas stank hier gewaltig!

»Otto! OTTO!«, meldete sich Vincent zu Wort. Er schlüpfte aus dem Rucksack und flatterte auf Ottos Schulter. »Wie wär's, wenn du einfach in diese Festung reinspazierst?«, schlug er vor. »Womöglich hat sich dein treuer Freund Tony einfach einen neuen Platz zum Spuken gesucht. Er hat sich doch immer beschwert, dass er sich nicht ernst genommen fühlt. Bestimmt war ihm eure dämliche Villa einfach zu öde. Von dem ständigen Ticken wird man ja ganz hohl in der Rübe.«

»Quatsch«, widersprach Emily energisch. »Ich kenne Sir Tony zwar nicht, aber er hätte nie freiwillig seine Villa verlassen. Nicht als Mensch, und schon gar nicht als Geist.«

Vincent verdrehte die Augen. »Dann seht doch nach«, meinte er und deutete mit dem Flügel auf die Festung. »Passt auf, ihr zwei Geisterjäger: Ihr schleicht euch da rein und ich lenke inzwischen eure Klasse ab.«

Otto und Emily tauschten einen verstohlenen Blick. Noch bevor Otto zustimmen konnte, segelte Vincent auf die Schulklasse zu, die sich vor einem Souvenirstand versammelt hatte. Aufgeregte Schreie erklangen. Otto glaubte, das hysterische Gekreische von Stan herauszuhören. Aber dafür war jetzt keine Zeit.

»Schnell«, befahl Emily und packte Ottos Hand. Im Eiltempo huschten sie hinter dem Souvenirstand vorbei zur Promenade, wo sich die Attraktionen aneinanderreihten.

Die Festung der Finsternis befand sich im hinteren Teil des Vergnügungsparks. Das dunkle Mauerwerk glänzte silbrig in der Sonne. Rund um die Burg hatte man das Gelände mit einem gelben Band abgeriegelt, wie es Otto von Baustellen kannte.

Ein Schild hing an der Absperrung.

Daneben war ein Totenkopf abgebildet.

»Bloß ein Schild?« Emily lachte abfällig. »Denken die, das würde uns abschrecken?« Sie hob ihren mehrlagigen Rock und duckte sich unter der Absperrung durch. Otto drehte sich noch einmal kurz um, um sich zu vergewissern, dass ihnen niemand gefolgt war. Dann schlüpfte auch er unter dem Band hindurch. Von dort war es nicht mehr weit zur Brücke, die über den Burggraben führte.

Vor der schweren schmiedeeisernen Pforte blieben Otto und Emily kurz stehen. Wie dem Rest der Festung haftete auch dem Tor ein silbriger Schimmer an. Gruselige steinerne Fratzen zierten den Eingang.

»Okay, worauf warten wir?« Emily blickte kurz zu Otto, dann drückte sie die Klinke herunter. Das Tor war nicht abgeschlossen. Mit einem schwerfälligen Quietschen schwang es auf. Otto und Emily betraten die ausladende Eingangshalle, wo sich Ritterrüstung an Ritterrüstung reihte. An den Wänden flackerten Fackeln. Den Mittelpunkt des Raumes bildete ein großzügiger Treppenaufgang, der mit seltsamen Schienen versehen war. Die Gleise führten bis ins Obergeschoss.

»Wahnsinn! Das nenne ich mal ein Spukschloss«, staunte Otto und ließ den Blick zur meterhohen Decke gleiten. Die Fenster waren aus dunklem Glas, sodass kaum Tageslicht in die Eingangshalle drang.

»Und guck mal, es gibt hier drin eine Achterbahn!« Emily deutete auf eine Gruppe von Waggons, die hinter einer mächtigen Säule versteckt auf den Schienen wartete. »Ob die wohl schon funktioniert?«

»Ich schätze, du willst es ausprobieren«, riet Otto und betrachtete die Säule. In den Marmor war ein Steuerungssystem mit einer Vielzahl von Knöpfen eingelassen. »Vielleicht startet man sie ja mit diesem grünen Knopf hier. Aber da ist sicher noch kein Strom dr–«

Otto geriet ins Stocken. Ein brummendes Geräusch ertönte von den Gleisen. Der grüne Knopf hatte die Maschinen angeworfen. Nun blinkten die Waggons abwechselnd grün und rot.

»Willkommen, Fremde«, ertönte eine tiefe verzerrte Stimme aus einem Lautsprecher. »Nun, da ihr es gewagt habt, diese Festung zu betreten, seid ihr bereit, euch zu gruseln? Bereit für Schrecken? Bereit für das Grauen? Dann nehmt Platz. Euch erwartet eine Fahrt durch die Festung der Finsternis.«

Emily lachte abfällig. »Das ist bestimmt nichts anderes als eine stinknormale Geisterbahn. Nicht mal annähernd gruselig. So wie der Rest in diesem Park.«

»Abfahrt in zehn, neun, acht …«, zählte die Stimme.

»Komm!« Otto zog Emily in einen der Waggons. Ein Gefühl sagte ihm, dass Emily sich diesmal täuschte. »Ich will es mir trotzdem ansehen. Fahren wir mit.«

»Zwei … eins … Abfahrt ins Grauen. Hahaha!«, verkündete die Stimme. Im selben Moment sanken die Bügel herunter und die Waggons setzten sich in Bewegung.

Während das höhnische Gelächter unheimlich von den Mauern widerhallte, schleppte sich die Bahn ins Obergeschoss. Dort gewann sie an Tempo und sauste im Zickzack durch die Räume. Die kratzige Stimme aus dem Lautsprecher begleitete die Fahrt mit zahlreichen »Uhhs« und »Aahs«, bis die Waggons schließlich in einem dunklen Korridor abgebremst wurden. Nun ging es langsamer voran. Otto sah kaum seine Hand vor Augen.

»Besucher der Festung, seid gewarnt«, dröhnte die Stimme. »Der grausame Balthasar, furchtbarster aller Geister, ist nun bereit, euch zu empfangen.«

Im nächsten Moment stieß die Bahn eine wuchtige Tür auf und glitt in einen mittelalterlichen Festsaal. In der Mitte des Raumes befand sich eine riesige Festtafel, über der ein prächtiger Kronleuchter hing.

Otto und Emily blickten sich um und lauschten angestrengt. Nichts. Dieser üppige Festsaal bot nicht mal einen einzigen popeligen Gruseleffekt. Zum Glück hatten sie für die Fahrt nichts bezahlt.

»Der grausame Balthasar ist wohl in den Ferien«, scherzte Emily. Doch kaum hatte sie die Worte ausgesprochen, fuhr ein kräftiger Windstoß durch den Raum.

Otto blickte sich um. Täuschte er sich oder hatte er eben etwas Weißes durch den Raum schießen sehen? Kaum hatte er den Gedanken zu Ende gedacht, begannen erst die Vorhänge zu flattern, dann die Tischbeine zu wackeln.

»Ach du grüne Neune«, hauchte Emily, als auch noch der Kronleuchter über ihren Köpfen wild zu schwingen begann. »Ich weiß nicht, was für ein Trick das ist. Aber er ist verdammt gut.«

»Das ist kein Trick«, widersprach Otto. Sein Blick schnellte durch den Raum. »Da ist ein Geist mit im Spiel, jede Wette. Und der will uns erschrecken.«

»Du meinst, ein echter Geist? Das ist ja der Wahnsinn.« Emily hielt den Atem an. In ihrer Stimme schwang eine Mischung aus Furcht und Faszination. »Scaryland hat einen echten Geist im Programm. Ich frage mich, wie Philippe Bleu das gemacht hat …«

»Ha…ha…hatschi!« Ein lautes Niesen hallte durch den hohen Raum. Kurz darauf hörte Otto eine tiefe Stimme. »Staub, Staub, überall Staub! Ich hasse Staub. Diese entsetzliche Behausung ist Gift für mein Asthma.«

»TONY!«, schrie Otto aus voller Kehle und starrte zur Decke. Tatsächlich: Dort oben schwebte Sir Tony und ließ den Kronleuchter klirren! Als er Otto entdeckte, bekam er große Augen. »Was in aller Welt tust du hier?«, rief Otto zu ihm hoch. »Und warum bist du ohne ein Wort verschwunden?«

Emily starrte Otto überrascht an. »Er ist tatsächlich hier?«

Ottos Hausgeist verlangsamte sein Tempo und hockte sich auf den Kronleuchter. »Otto! Ein Glück, dass du da bist!« Er wedelte mit seinem Hut. »Es ist furchtbar hier. Ich bin die neue Hauptattraktion von Scaryland und kann nichts dagegen tun.«

Eine Welle der Erleichterung überkam Otto. »Ich wusste, dass du dein Zuhause nicht einfach verlassen würdest«, stieß er hervor und versuchte, sich aus dem Wagen zu befreien. Die Bahn bewegte sich langsam, aber unaufhaltsam auf die Tür am anderen Ende des Raumes zu und würde jeden Moment in den nächsten Raum gleiten. Keine Chance. Der Bügel saß bombenfest.

»Natürlich nicht«, beteuerte Sir Tony und schüttelte vehement den Kopf. Seine Wangen leuchteten rosarot, wie immer wenn er aufgeregt war. »In meinem Eigenheim pflegte ich ein Dasein mit Stil. Ein Leben im Luxus. Wie hätte ich das je freiwillig aufgeben können?«

Ein Leben im Luxus? Sir Tony wohnte in einem Staubsauger. Aber jetzt war wohl kein guter Zeitpunkt, ihn darauf hinzuweisen.

»Ich bin blaublütig. Das heißt, das war ich, als ich noch Blut besaß. Und dieses schimmlige alte Gemäuer ist wohl kaum standesgemäß. Es hat nicht mal eine Heizung!«, echauffierte er sich.

»Warum kommst du dann nicht einfach nach Hause? Du bist ein Geist. Du kannst durch Wände gehen«, erinnerte Otto ihn.

»So einfach ist es nicht«, beeilte sich Sir Tony zu sagen, als sich die Tür zum nächsten Raum öffnete. Aufgeregt schwebte er um den Kronleuchter. »Alles hier ist –«

RUMMMS. Die eiserne Tür fiel hinter ihnen ins Schloss und Tonys Worte gingen unter.

»Mist!«, fluchte Otto. Die Achterbahn fuhr gemächlich weiter. In den nächsten Räumen folgten mehrere langweilige Spezialeffekte. Einige Teile der Festung waren offenbar noch nicht ganz fertiggestellt, denn manche Zimmer waren komplett leer. Otto nutzte die Zeit, um Emily jedes Detail des Gesprächs zu übersetzen.

»Wir müssen das alles unbedingt Bert und Molly erzählen«, beschloss Emily, während die Bahn durch ein weiteres Tor fuhr. »Und Harold. Vielleicht haben die eine Ahnung, warum Sir Tony hier festsitzt.«

Otto nickte. »Die werden ganz schön baff sein, wenn sie davon erfahren. Ich kann es kaum erwarten, morgen Nachmittag in der Bücherkammer –«

»Morgen Nachmittag?« Mr Walker stand neben den Schienen und baute sich vor Otto und Emilys Wagen auf, der gerade zum Stillstand kam. Den beiden war gar nicht aufgefallen, dass die Fahrt schon zu Ende war. Und dass sie Gesellschaft bekommen hatten. Ach du Schande!

»Ich fürchte, morgen Nachmittag habt ihr keine Zeit«, knurrte Mr Walker, als Otto und Emily aus dem Waggon kletterten. »Da werdet ihr nämlich nachsitzen.«

Blamiert bis auf die Knochen

»Wisst ihr eigentlich, was alles hätte passieren können?«, blaffte Mr Walker, während er Otto hinter sich herzerrte. Seine langen Beine in den Cordhosen gaben ein solches Tempo vor, dass Otto kaum hinterherkam. »Die Festung ist doch noch eine Baustelle. Ihr hättet irgendwo runterfallen und euch das Genick brechen können! Und wer hätte das Ganze dann dem Direktor erklären müssen? Dreimal dürft ihr raten! Was habt ihr euch dabei gedacht?«

»Es tut uns furchtbar leid, Mr Walker«, beteuerte Emily, die hinter ihnen herhastete. Emily war nicht auf den Mund gefallen und bei allen Lehrern beliebt. Doch auch von ihr ließ sich Mr Walker nicht umstimmen.

»Leid? Das hättet ihr euch vorher überlegen müssen. Welcher Teufel hat euch geritten? Habt ihr nicht gehört, was Mr Bleu gesagt hat? Die Festung wird erst in einigen Wochen eröffnet.« Er brummte, offenbar hatte er sich längst seine eigene Theorie zurechtgelegt. »Ihr konntet es wieder mal nicht erwarten.«

Otto widersprach nicht. Was hätte er auch stattdessen sagen sollen? ›Mr Walker, es war alles ganz anders: Ich fürchte, mein bester Kumpel Sir Tony, ein toter Adeliger aus dem vorigen Jahrhundert, spukt in diesem Schloss. Er wurde gekidnappt. Von einem mysteriösen Staubsaugervertreter.‹

Vermutlich hätte man ihn gleich morgen zu Mrs Peabody, der Schulpsychologin, geschickt. Mrs Peabody war selbst etwas merkwürdig. Wurden Schüler verhaltensauffällig, behielt sie sie für Stunden in ihrem Büro und zwang sie, ihre Aggressionen auf ein Blatt Papier zu malen. Darauf hatte Otto keine Lust. Dann sollte Mr Walker doch lieber denken, er hätte sich aus Abenteuerlust davongestohlen.

»Ah, da sind ja die Ausreißer«, begrüßte Philippe Bleu Otto und Emily. Er grinste und zeigte perlweiße Zähne, als bereitete ihm dieser Zwischenfall einen Heidenspaß.

Ottos Klassenkameraden hingegen warteten gelangweilt auf dem Vorplatz zum Ausgang.

»Mann, wir hocken hier schon fast eine halbe Stunde«, motzte Stan und sah von seinem Handy hoch. »Bloß weil ihr beide euch in diese dusselige Burg schleichen musstet. Und was habt ihr Gruseliges gesehen? Ein paar Spinnen vielleicht?«

»Sagt schon«, fuhr Stans Kumpel Bobby dazwischen. In seinem Blick lag so etwas wie Bewunderung. Vermutlich ärgerte er sich, dass er nicht selbst auf die Idee gekommen war, in die Burg einzubrechen. »Wie ist es da drinnen? Spukt es tatsächlich?«

Mr Bleu wirkte hoch interessiert. »Ja, sagt schon. Wie fandet ihr den großen Saal?« Er ließ seinen Blick über die Gesichter der Klasse schweifen. »Wisst ihr, dort treibt nämlich der schreckliche Balthasar sein Unwesen. Er ist der Schlossherr der Burg und spukt seit seinem mysteriösen Tod im Jahre 1288 durch die Festung. So besagt es die Legende.«

Otto ballte die Fäuste. Dieser Philippe Bleu log ja wie gedruckt!

»Habt ihr merkwürdige Dinge wahrgenommen?«, wollte er nun von Otto und Emily wissen und zog die Augenbrauen hoch. »Knistern und Knarren? Oder einen bedrohlich schwingenden Kronleuchter?«

Alle Blicke wanderten zu Otto und Emily.

»Nö.« Emily verschränkte die Arme. »Nichts. Balthasar hatte wohl keinen Bock, uns in Angst und Schrecken zu versetzen«, flunkerte sie und zwinkerte Otto zu. Otto verstand. Sie würde kein Sterbenswörtchen über die wahren Geschehnisse in der Burg verraten.

»Hmm.« Philippe Bleu schien verunsichert. Sein Blick glitt in Richtung Festung und er legte dabei die Stirn in Falten. »Das kann doch gar nicht sein.«

Otto kochte. Philippe Bleu hatte Sir Tony gekidnappt, daran bestand kein Zweifel. Er hatte ihn gezwungen, als neue Hauptattraktion in Scaryland herzuhalten. Und irgendwas hinderte Tony daran, einfach zu fliehen.

»Kein Spuk? Stimmst du deiner Freundin zu, Otto?«, versuchte es Bleu weiter. Seine blauen Augen bohrten sich in Ottos.

Otto schluckte. Mit jeder Sekunde rang er mehr um Fassung. Am liebsten wäre er diesem schleimigen Parkbesitzer an den Hals gesprungen und hätte ihn gezwungen, Sir Tony rauszurücken. Inklusive des Staub-O-Mats! Sir Tony war sein Freund. Bleu hatte kein Recht, ihn für seine Zwecke zu missbrauchen.

Dieser elende Mistkerl!

»Doch!«, stieß Otto hervor, machte einen Schritt auf Bleu zu und baute sich vor ihm auf. Er reichte ihm nur knapp bis zur Brust, was ihn in diesem Moment jedoch wenig kümmerte. »Aber in der Festung der Finsternis spukt nicht der, von dem Sie uns erzählen. Und das wissen Sie genau. Ihren Balthasar den Schrecklichen gibt es in Wirklichkeit gar nicht!«

Mr Bleu wich zurück. Für einen Moment gefror sein Lächeln und er musterte Otto, als sähe er ihn zum ersten Mal. Ob Philippe Bleu gerade klar wurde, dass Otto Geister sehen konnte? Dass er Sir Tony erkannt hatte?

Einen Augenblick später schien Bleu seine Fassung wiedergefunden zu haben. Er räusperte sich. »Kein Balthasar?« Er hob die linke Augenbraue und grinste überrascht. »Und wer spukt dann durch die Festung, mein Junge?«

»Ein über hundert Jahre alter Adeliger namens Sir Tony«, brach es aus Otto heraus. Seine Schläfen pochten. »Und Sie haben ihn gekidnappt und aus ihm ein dusseliges Märchen gemacht. Balthasar der Schreckliche. Dass ich nicht lache!«

»Sir Tony?«, krächzte Stan hinter Ottos Rücken und unterdrückte ein Kichern. »Ich dachte, das ist dein Hamster!«

Hitze schoss in Ottos Gesicht. Er hatte sich von diesem Bleu provozieren lassen und dabei vergessen, dass die ganze Klasse die Ohren spitzte.

Selbst Emily war einen Schritt zurückgewichen und biss sich auf die Lippe. Sie sah aus, als könnte sie nicht fassen, was Otto eben getan hatte.

»Was willst du uns damit sagen? Dass in der Burg dahinten ein echter Geist sein Unwesen treibt? Balthasar oder Tony oder wie auch immer er heißen mag?« Mr Walker hatte sich bislang zurückgehalten, doch nun betrachtete er ihn mit einem neuen, mitleidigen Ausdruck, so, als hätte Otto den Verstand verloren.

»So ist es! Ein echter Geist. *Mein* Geist! Bleu, geben Sie es endlich zu!«, platzte Otto heraus. Was machte es noch für einen Unterschied? Dieser Fiesling sollte gestehen, dass er sehr wohl wusste, wovon Otto sprach.

War Bleu etwa E. T. Donahue, der Staubsaugervertreter, der Sir Tony gekidnappt hatte? Bedeutete das, dass auch Philippe Bleu Geister sehen konnte?

Bleu zögerte und fuhr sich durchs pechschwarze Haar. Er war nicht älter als Ende vierzig, trotzdem schien es, als wäre er in den letzten Minuten um Jahre gealtert.

»Otto, mein Junge«, begann Bleu nach einer Weile und ließ niedergeschlagen den Kopf hängen. Er zog sein Sakko aus und ließ sich auf eine schwarz gestrichene Bank neben dem Ausgang fallen, die über und über mit Totenköpfen verziert war. »Du willst die Wahrheit erfahren? Ich verrate dir die Wahrheit. Euch allen.«

Otto und Emily wechselten einen Blick. Bleu gestand? Dieser schmierige, viel zu freundliche Vergnügungsparkbesitzer mit dem Strahlelächeln, dieser aalglatte Geschäftsmann, gab zu, dass er ein fieser Verbrecher war? Der Sir Tony entführt hatte?

Und was noch viel wichtiger war – er gab zu, dass Sir Tony *existierte*?

Mit einem wohlwollenden Lächeln blickte er in die Runde. »Kinder«, begann er und beugte sich vor, als wollte er eine Geschichte erzählen. »Egal ob Balthasar, Sir Tony oder Hui Buh, das Schlossgespenst.« Er machte eine dramatische Pause. »Es gibt keine Geister. Geister sind eine Erklärung der Erwachsenen für alles, was ihnen mysteriös erscheint. Knarrende Dachsparren. Gegenstände, die wie von selbst von Tischen purzeln. Türen, die ins Schloss fallen.« Er hob die Schultern. »Für all das gibt es eine rationale Erklärung.«

Dieser widerliche Lügner! Otto konnte nicht fassen, was gerade geschah. Bleu stritt einfach alles ab?

Eines der Mädchen hob die Hand. »Aber warum haben Sie dann einen Geister-Vergnügungspark aufgemacht, Mr Bleu?«, wollte sie wissen.

»Weil die Menschen Gruselgeschichten mögen. Sie wollen lieber an Geister glauben als an wissenschaftliche Erklärungen.« Bleu zwinkerte Otto zu. »Nicht wahr, mein Junge?«

Jetzt reichte es. Suchend glitt Ottos Blick auf das Blechdach des Souvenirshops. Vincent hockte in der

Regenrinne, schnitt Grimassen und zeigte mit dem Flügel in seinen Rachen. Offenbar fand auch er diesen Typen zum Kotzen.

Emily trat auf Bleu zu. »Aber –«

»Nichts aber, junge Dame«, schnitt er ihr das Wort ab. »Ihr wollt doch nicht etwa steif und fest behaupten, dass es in diesem Park tatsächlich spukt? Es mag zwar geschäftsschädigend sein, wenn ich euch Kindern die Wahrheit verrate, aber wir arbeiten hier in Scaryland mit Tricks.« Unschuldig hob er die Schultern. »Special Effects. Wie im Kino.« Er strich Otto über das Haar. »Im Kino ist auch nicht immer alles echt.«

Stan und seine Kumpels kicherten. Offenbar hielten sie Otto für die Pappnase des Tages.

In Otto brodelte es. Dieser Bleu machte ihn absichtlich zum Gespött der Leute. Wenn Otto doch nur einen Beweis hätte! Einen Grund, um diesen Widerling an die Polizei auszuliefern. Aber Geisterkidnapping stand nie und nimmer im Gesetzbuch.

»Was ist mit dem Staubsaugertransporter?«, fiel Otto plötzlich ein. »Mit diesem Fahrzeug sind Sie bei meiner Tante aufgekreuzt und haben Sir Tony mitgenommen. Und nun parkt dieser Wagen exakt hier –«

»Wo?« Philippe Bleu sah sich um. Der Transporter, den Emily entdeckt hatte, musste in der Zwischenzeit davongefahren sein. Der Parkplatz war leer. »Ich, ein Staubsaugerverkäufer?« Dann grinste er in die Gruppe. »Ich habe keine Ahnung, wovon er redet.«

»Otto hat einen Knall!«, krähte Stan, was Bleus Grinsen noch breiter werden ließ. Er hatte sein Ziel erreicht.

»Es war ein langer Tag für dich.« Mr Walker legte seine Hand auf Ottos Schulter und führte ihn zum Ausgang. Noch immer hatte er diesen seltsamen mitleidigen Ausdruck im Gesicht. Bestimmt glaubte er ebenfalls, dass Otto ein Fall für die Klapsmühle war. »Was hältst du davon, wenn wir nach Hause fahren? Dort denkst du darüber nach, was du heute hier gesehen hast.« Er seufzte besorgt. »Zeichnest du eigentlich gerne, Otto? Wie wäre es, wenn du demnächst mal Mrs Peabody kennenlernst?«

Eine böse Überraschung

»Das war heute nicht dein cleverster Tag, Plaudertasche«, spottete Vincent aus dem Rucksack, als Otto und Emily in den Radieschenweg bogen. »Diesen schleimigen Sakkoträger auf Sir Tony anzusprechen. Ts, ts, ts …!«

Da musste Otto ihm leider recht geben. Inzwischen bereute er es schändlich, wie er sich vor der gesamten Klasse zum Idioten gemacht hatte.

Die Busfahrt zurück zur Schule war Otto ewig vorgekommen. Stan und seine Kumpels hatten ihn keine Minute in Ruhe gelassen – zu witzig fanden sie es, dass Otto in Scaryland eine Begegnung der dritten Art gehabt hatte.

»Schon gut!« Otto seufzte. »Es war dämlich von mir. Aber ihr müsst doch auch zugeben, dass Bleu Sir Tony ganz offensichtlich gefangen hält. Wenn ich nur wüsste, wie er das anstellt!«

»Ich glaube dir, Otto«, sagte Emily. »Immerhin haben wir ja auch diesen mysteriösen Lieferwagen im Park gesehen.« Sie schüttelte den Kopf. »Zu dumm, dass er schon weg war, als wir –«

»Emily?«, unterbrach Otto sie und blieb stehen.

»Ja?«

»Da ist er.«

»Wer?«

»Der Lieferwagen«, stieß Otto hervor und deutete auf den Parkplatz direkt vor Tante Sharons Haus.

»Hä?« Emily sah sich um, dann schüttelte sie den Kopf. »Das ist nicht der Wagen des Staubsaugervertreters.« Sie reckte den Hals. »Siehst du nicht? Das ist …« Sie kniff die Augen zusammen und las. »Der hier gehört dem Techniker eines Kühl- und Gefriergeräteunternehmens.« Sie sah genauer hin und gluckste vor Lachen. »Allerdings kann der Kerl nicht richtig schreiben! Es heißt Kühlschrank und nicht Kühschranck!«

»Emily! Ist das nicht seltsam? Auch der Staubsaugervertreter fuhr einen Lieferwagen mit Tippfehler.« Energisch ging Otto auf den parkenden Wagen zu. »Und sieh mal. Dieser Wagen gehört T. E. Donahue. T. E. statt E. T.! Er hat bloß die Initialen und die Branche ausgetauscht.«

Emily kratzte sich am Kopf. »Du meinst also – «

»Sir Tonys Entführer ist wieder da.« Otto nickte ernst. »Ich verstehe nur nicht, warum er diesmal Kühlschränke repariert.«

»Mensch, ihr Trantüten!« Mit einem Satz schoss Vincent aus Ottos Rucksack und hockte sich auf den Briefkasten vor Tante Sharons Haus. »Steht ihr beide komplett auf der Leitung? Mein Gehirn hat bloß die Größe einer Walnuss, aber selbst ich habe eine Ahnung, was das bedeuten könnte.« Aufgeregt ruderte er mit den Flügeln. »Seht nach Bert. Und zwar schnell!«

Otto fiel es wie Schuppen von den Augen. »Verdammt!«, fluchte er, pfefferte den Rucksack ins Gras und hastete über die Auffahrt. Warum war ihm nicht vorher eingefallen, dass Bleu nicht mit einem Geist zufrieden sein würde? *Und es werden täglisch mehr*, hallten seine Worte in Ottos Ohren. Nicht auch noch Bert!

Otto riss die Tür so schwungvoll auf, dass sie gegen die Wand donnerte. Er streifte die Turnschuhe ab, knallte sie in eine Ecke und sprintete ins Wohnzimmer. Dort saß Tante Sharon in ihrem Ohrensessel und schraubte an einer Kuckucksuhr herum.

»Was ist denn hier los?« Vor lauter Schreck ließ sie den Schraubenschlüssel fallen. »Otto? Was ist passiert?«

Otto hatte keine Zeit, sich eine anständige Ausrede einfallen zu lassen. »Hab's eilig. Ich muss zum Kühlschrank«, rief er, dann hastete er in die Küche.

»Junger Mann, Abendessen gibt's erst um sieben.« Tante Sharons Stimme klang irritiert. »Ich hab heute beim Pizzaservice bestellt, weil wir in den nächsten Tagen leider keinen – «

»Der Kühlschrank ist verschwunden!«, schrie Otto entsetzt. Er starrte auf den leeren Fleck neben der Spüle und fühlte, wie alle Farbe aus seinem Gesicht wich. Er rannte zurück ins Wohnzimmer. »Tante Sharon, wo ist der Kühlschrank hin?«

Emily, die verlegen in der Tür gewartet hatte, sah ihn alarmiert an.

Tante Sharon hob die Schultern. »Kaputt.« Sie schien sich nicht weiter daran zu stören. »Das alte Ding hatte schon dreißig Jahre auf dem Buckel. Ich hab ihn zur Reparatur gegeben. Vielleicht bekommt ihn der Techniker wieder fit.«

»Wie konntest du nur?« Otto raufte sich die Haare. Das Ding hatte prima funktioniert, warum sollte es von einem Tag auf den anderen kaputtgegangen sein? Das war eindeutig kein Zufall!

Wer weiß, vielleicht hatte Philippe Bleu nachgeholfen, um den Kühlschrank in die Reparatur zu befördern. Doch dazu musste er sich irgendwie Zugang zum Haus verschafft haben.

Die Sache wurde immer mysteriöser. Immerhin hatte sich Bleu noch in Scaryland aufgehalten, als die Klasse wieder abgereist war. Und der Transporter war bereits verschwunden gewesen. Er konnte den Kühlschrank also gar nicht selbst geholt haben – oder etwa doch?

In diesem Moment kam Otto ein neuer Gedanke. Der Keller. Die Waschmaschine. Molly! Hoffentlich ging es ihr gut. Er nahm Emily am Arm und zog sie in den Flur, damit Tante Sharon nichts mitbekam.

»Los! Wir müssen nach Molly sehen!«, zischte er. »Wenn Tante Sharon jetzt auch noch ein Problem an ihrer Waschmaschine feststellt, dann –«

»Was ist denn nur los mit euch? Ihr wirkt, als hättet ihr etwas ausgefressen.« Tante Sharon erschien vor ihnen und stemmte die Arme in die Hüften. Mit zusammengekniffenen Lippen musterte sie die beiden.

»Das täuscht. Wir müssen bloß ganz dringend Wäsche waschen. So ein dämlicher Vogel hat im Park auf meine Jacke gekackt«, log Emily und grinste schief. Dann zog sie Otto in Richtung Kellertreppe. Zum Glück verdrehte Tante Sharon bloß die Augen und schlurfte zurück zu ihrer kaputten Uhr.

»Ich fürchte, deine Tante fragt sich langsam, was mit uns los ist«, vermutete Emily, als sie außer Hörweite waren. »Und wenn du nicht aufpasst, verpasst sie dir Hausarrest.«

»Würde mich nicht wundern, bei meinem Glück in letzter Zeit«, brummte Otto sarkastisch. »Erst Nachsitzen, dann Hausarrest …« Er knipste das Licht zur Waschküche an. Es tat ihm zwar leid, dass er seine arme Tante einfach hatte stehen lassen. Aber nun war wirklich nicht die passende Gelegenheit für ausufernde Erklärungen. Zum Glück war Tante Sharon normalerweise nicht nachtragend.

»Hörst du das?« Ein Geräusch riss Otto aus seinen Gedanken.

Emily lauschte. »Die Waschmaschine läuft«, stellte sie fest und trat mit ihren altmodischen Schnürschuhen auf die unterste Treppenstufe. »Das ist doch ein gutes Zeichen.«

»Nein.« Otto schüttelte den Kopf und ging auf die Waschmaschine zu. Dort spähte er in die Trommel. »Ich höre ein Schluchzen. Als ob jemand kläglich heulen würde.«

Emily runzelte die Stirn und drückte auf den Knöpfen herum. Mit einem lauten Brummen kam die Trommel zum Stillstand, das Wasser wurde abgepumpt und die Tür der Maschine sprang auf. Heraus schwebte eine patschnasse, zerknitterte Molly. Der Schleudergang hatte ihre langen Zöpfe zu Schnecken gedreht.

»Gott sei Dank, da bist du ja, Otto«, seufzte sie, während aus ihrem Mund eine riesige Seifenblase entwich. Ihre Stimme zitterte. »Ei...ein seltsamer Typ war hier im Haus und ha...hat d...den Kühlschrank mitgenommen. Ich glaube, er ... hatte es auf B...Bert abgesehen.« Sie schluchzte laut. »Er hat ihn entführt!«

Die Arme. Molly schien komplett durch den Wind zu sein. Zwar verhielt sich Ottos einziger weiblicher Hausgeist auch sonst wie das Chaos in Person. Magisch angezogen von allem was sich drehte, schien Molly die meiste Zeit selbst ziemlich durcheinander zu sein.

Bert hingegen wirkte auf Molly wie ein Ruhepol. Schon zu Lebzeiten, als die beiden noch die Bediensteten von Sir Tony gewesen waren, hatte Molly und Bert eine tiefe Freundschaft verbunden. Nach ihrem Tod hatte sich daran nichts geändert.

Molly und Bert. Das klang wie Tom und Jerry, fand Otto. Wie Max und Moritz. Es gab sie bloß im Doppelpack.

»Der Typ hat erst so getan, als würde er den Kühlschrank begutachten. Aber ich habe gleich geahnt, dass es nicht um den Kühlschrank ging. Sondern um Geister!« In Mollys traurige Miene mischte sich Wut. Sie hockte sich auf die Waschmaschine und schlug die Beine übereinander. »Anschließend kam er in den Keller, um nach der Waschmaschine zu sehen.« Ihr Blick verfinsterte sich. »Um nach *mir* zu sehen. Aber ich hab mich im Waschpulver versteckt.«

Otto zog die Augenbrauen hoch. Das erklärte, warum Molly schäumte wie Tante Sharons Badezusatz.

»Was sagt Molly?«, wollte Emily wissen. Unruhig trat sie von einem Bein aufs andere.

»Sie hat diesen merkwürdigen Techniker gesehen«, erklärte Otto und fuhr sich nervös durch die Haare. Vor lauter Anspannung hatte er vergessen, dass seine beste Freundin kein Wort hören konnte.

»Frag sie, wie er ausgesehen hat«, flüsterte Emily aufgeregt.

»Ich konnte nicht viel erkennen«, antwortete Molly prompt. »Er trug einen schwarzen Overall.«

Otto lief im Kreis. »Mist«, fluchte er leise. »Das bringt uns nicht viel weiter.«

Otto fühlte sich angespannt wie nie zuvor. Er hatte heute noch nicht mal Zeit gefunden, um durchzuatmen. Oder einen Happen zu essen. Erst dieser verrückte

Ausflug nach Scaryland, und jetzt war auch noch Bert verschwunden. Otto fürchtete allmählich, nicht mehr richtig denken zu können.

Zum Glück schien Emily ganz die Alte zu sein. »Otto, beruhig dich«, redete sie auf ihn ein. »Gehen wir die Fakten noch mal durch. Bert und Tony wurden nach Scaryland in die Festung der Finsternis gebracht. Von wem, das wissen wir nicht genau. Fest steht bloß, dass sie von dort nicht so einfach fliehen können – obwohl Geister eigentlich durch Wände gehen können.«

»Sie werden festgehalten?« Vor Aufregung schwebten noch drei weitere Seifenblasen aus Mollys Mund, die nach und nach zerplatzten. »In einer Festung? Aus der sie nicht fliehen können? Wo, sagtest du noch mal, befindet sich die?«

»In Scaryland! Einem neuen Vergnügungspark.« Otto spannte die Schultern an. Hatte Molly etwa einen Verdacht, was es war, das Bert und Tony an der Flucht hinderte?

»Ausgerechnet ein Vergnügungspark!« Molly klatschte sich an die Stirn. »Bert wird kochen vor Wut. Wisst ihr, er hasst Vergnügungsparks. Früher, als wir noch lebten, kam eines Tages der Jahrmarkt in die Stadt«, plapperte sie aufgeregt los. »Ihr wisst schon, Gaukler, Feuerschlucker und sogar eine Lady mit Vollbart. Sir

Tony hat uns freigegeben, was äußerst selten der Fall war.« Sie seufzte. »Doch Bert hat es überhaupt nicht gefallen. Diese vielen Menschen, der Lärm, der beißende Geruch von Schwefel in der Luft. Wäre Bert damals schon ein Geist gewesen, hätte er sich bestimmt mit einem Fingerschnipsen zurück nach Hause befördert. Das ist nämlich das Tolle am Geisterleben –«

»Molly!«, fiel Otto ihr ins Wort. Wenn sie aufgeregt war, wirbelten die Worte nur so aus ihrem Mund, oft ohne Sinn und Zusammenhang.

»Entschuldige, ich schweife ab.« Molly grinste entschuldigend. »Was ich eigentlich sagen wollte: Wir Geister können uns bewegen, wie wir wollen. Wir denken bloß an einen Ort und schnipp …« Sie schnipste mit den Fingern und erschien plötzlich neben Tante Sharons Obstkisten in der Ecke. »… sind wir da. Außer, wenn sich Aluminium in unserer Nähe befindet. Ich weiß nicht, warum, aber wir Geister meiden dieses Zeug wie der Teufel das Weihwasser. Die Art, wie es im Licht glitzert, tut richtig weh in den Augen. Und dann auch noch dieses entsetzliche Geräusch, wenn man Alufolie zerreißt!« Sie verzog das Gesicht. »Wie könnt ihr nur euer Essen darin einwickeln?«

»Moment mal. Die Festung«, überlegte Otto laut. »Emily, ist es mir nur so vorgekommen oder hat die Burg im Sonnenlicht merkwürdig geschimmert? Als hätte man zwischen den Steinen kleine Aluminiumstückchen mit eingemauert?«

Emily riss die Augen auf. »Eine Festung … aus Alufolie?«

»Quatsch. Aluminium ist doch eigentlich ein Metall. Und Bleu hat es beim Bau der Festung benutzt, um die Geister in Schach zu halten«, erklärte er.

»Das ist es!« Emilys Augen leuchteten. »Das wollte uns Sir Tony mitteilen, jede Wette!« Sie tippte mit dem Finger an ihre Lippe. »Ich frage mich nur, woher Philippe Bleu weiß, dass Geister diese Substanz verabscheuen.«

Otto legte den Kopf schief. »Vielleicht besitzt Bleu dieselbe Fähigkeit wie ich«, mutmaßte er. »Es wäre doch denkbar, dass auch er Geister sehen kann.«

Molly zuckte mit den Schultern. »Möglich«, gab sie zu. »Obwohl ich noch nie von einem anderen Menschen gehört habe, der diese Gabe besitzt.«

Otto überlegte. Je länger er nachdachte, desto wahrscheinlicher fand er seine Theorie. Wie hätte Bleu sonst an so viele, für Menschen normalerweise geheime Informationen gelangen können?

Nun, da sie endlich mehr Anhaltspunkte hatten, war es an der Zeit, einen soliden Plan zu schmieden. Und Pläne gehörten zu Ottos und Emilys Spezialgebiet.

Geisterjagd in der Schule

Mr Walker machte seine Drohung leider wahr: Otto und Emily wurden für drei Nachmittage zum Nachsitzen in der Schulbibliothek verdonnert. In dieser Zeit sollten sie zum Thema »Gruppenverhalten der Honigbiene im Bienenstock« recherchieren und anschließend ein Referat vorbereiten. Glücklicherweise hatte Emily gleich ein passendes Buch zu diesem Thema entdeckt und sie kamen erstaunlich gut voran. So würden sie hoffentlich den Rest der Zeit nutzen können, um zu überlegen, wie sie Bert und Tony befreien konnten.

Inzwischen war die Bibliothek beinahe menschenleer. Weil Mr Walker schon heimgegangen war, saß nur noch Ms Peck, die Bibliothekskraft, am Schalter und blätterte in einem Magazin.

Otto seufzte tief und gähnte. Die Ereignisse der letzten Tage hatten ihn furchtbar müde gemacht.

»Hey, du Schlafmütze! Hat dir euer miesepetriger Biolehrer nicht eine Aufgabe verpasst?«, erinnerte ihn Vincent. Irgendwie musste die Fledermaus aus der Schultasche geschlüpft sein, denn nun hockte sie auf der grünen Bibliotheksleuchte auf Ottos Schreibtisch.

Otto rappelte sich von der Tischplatte hoch und sah sich nervös um. Zum Glück war Ms Peck so sehr in den neuesten Klatsch aus dem englischen Königshaus vertieft, dass Otto und Emily sie nicht weiter interessierten. Genauso wenig wie eine sprechende Fledermaus.

»Seit wann bist du denn so pflichtbewusst, Vincent?«, gab Otto zurück. »Außerdem könntest du dich nützlich machen. Wie wäre es, wenn du nachsiehst, ob es hier eine Sektion für Übersinnliches gibt.«

»Prima Idee.« Emily blickte von ihrem Block auf, in den sie wie eine Besessene geschrieben hatte. Immer wenn sie las, trug sie ihre runde Brille und sah damit noch viel cleverer aus. »Vielleicht achtest du speziell auf die Kombination aus Übersinnlichem und … Aluminium.«

»Übersinnliches und Aluminium. Sehr wohl, mein Fräulein«, näselte Vincent herablassend. Offensichtlich hatte er keine Lust, den Handlanger zu spielen. »Darf es für die Lady noch eine Portion Pommes dazu sein?«

Als Vincent ums nächste Bücherregal geflattert war, nahm Emily die Brille ab und grinste. »Wie hältst du ihn nur aus?«, wunderte sie sich kopfschüttelnd.

»Man gewöhnt sich an seine Spinnereien«, sagte Otto. Auch wenn Vincent ihn ständig in unangenehme Situationen brachte, hatte Otto ihn ja eigentlich doch ganz gern. »Aber er ist auch manchmal nützlich.«

»Ja?« Emily zog die Augenbrauen hoch. »Wofür?«

Otto grinste. »Na, als Fliegenfalle.«

Emilys Kichern verstummte jäh, als die Tür neben Ms Pecks Tresen laut knarrend aufschwang. Mrs Petterson, die dicke Putzfrau, stürzte herein und hielt sich den Bauch, als hätte sie den Weg zur Bibliothek im Dauerlauf zurückgelegt.

»Ms Peck«, schnaufte sie. »Ich brauche Ihr Telefon. Es geht um Mr Cooper, den Hausmeister.«

Otto sah auf. Der alte Mr Cooper war wirklich der seltsamste Kauz der Schule. Obwohl er schon weit über achtzig war, ging er mit Leib und Seele seinem Job nach. Mr Cooper sah kaum noch, hörte kaum noch und ging auf Krücken, trotzdem sah man ihn bei Wind und Wetter im Schulhof arbeiten, wo er Hecken schnitt, den Geräteschuppen strich oder den Rasen mähte.

Selbst als Tante Sharon hier zur Schule gegangen war, war Mr Cooper bereits Hausmeister gewesen. Und das war nun wirklich lange her.

»Was ist denn passiert?« Schnell ließ Ms Peck ihr Klatschblatt unter einem Papierstapel verschwinden und griff nach dem Schnurlostelefon.

»Normalerweise macht er immer um fünf seinen Rundgang und schließt alle Türen ab«, berichtete Mrs Petterson und rang nach Luft. »Er ist immer auf die Minute pünktlich. *Immer.*« Die Putzfrau fuhr sich aufgeregt durchs Haar. Ihre Stimme wurde immer dünner. »Als er nicht aufgetaucht ist, bin ich runter in den Keller gegangen, zu seinem Aufenthaltsraum. Dort sah ich ihn im Schaukelstuhl sitzen. Erst dachte ich, er schläft, aber dann –«

»Ach du grüne Neune! Ein Todesfall in meiner Schicht. Das fehlte mir gerade noch«, sagte eine tiefe Stimme.

Überrascht blickte Otto sich um. Das konnte weder Ms Peck noch Mrs Petterson gewesen sein. Es hatte beinahe so geklungen, als sei die Stimme aus dem Korridor gekommen.

»Emily! Ich glaube, Harold ist da«, flüsterte Otto seiner Freundin zu und sah im gleichen Moment einen schwarzen Umhang an der Tür vorbeihuschen. »Er kommt, um Mr Coopers Seele zu holen.«

Draußen polterte es erneut.

»Mist. Knapp daneben«, fluchte Harold verärgert und wedelte mit dem Schmetterlingsnetz. Otto konn-

te sehen, dass er aufs Fensterbrett geklettert war. »Der Typ ist ganz schön beweglich für sein Alter. Und er hat scheinbar absolut keine Lust, ins Jenseits zu wandern.«

Die beiden Frauen bekamen von alldem nichts mit. Die Putzfrau wartete neben dem Tresen, während Ms Peck mit dem Notdienst telefonierte, sich danach ihren Schlüssel schnappte und hastig den Stapel Magazine in ihre Tasche stopfte.

Dann, als hätte sie Otto und Emily um ein Haar vergessen, drehte sie sich noch mal um.

»Bleibt hier, Kinder«, rief sie in Ottos Richtung. »Es gab einen kleinen Zwischenfall, um den ich mich kümmern muss. Ich bin in ein paar Minuten zurück.«

Kaum hatte Ms Peck die Tür zur Bibliothek geschlossen, bemerkte Otto, wie es unter dem Türspalt rot schimmerte. Kurz darauf schlüpfte ein leuchtender Ball in die Bibliothek und waberte in wenigen Zentimetern Höhe über den alten Linoleumboden.

»Mr Cooper«, flüsterte Otto Emily zu, auch wenn er wusste, dass sie dieses rot leuchtende Ding nicht sehen konnte. »Er … er ist hier.«

»Seine Seele?« Emily plumpste die Brille von der Nase. »Du meinst … hier in der Bibliothek?«

Otto rührte sich keinen Millimeter. Er hatte Angst, den rot glühenden Seelenball sonst zu verschrecken.

»Schscht«, machte er und beobachtete, wie der Ball in die Botanikabteilung schwebte. Unwillkürlich musste Otto schmunzeln. Wie passend! Für alles Grüne hatte sich der alte Cooper besonders interessiert.

»Stopp! Hiergeblieben!« Mit einem Poltern flog die Doppeltür auf und Harolds Gestalt erschien im Türrahmen. Seine Kutte flatterte im Zugwind wie der Umhang eines Superhelden.

»Oh, hallo, Otto. Hi, Emily!«, rief er, während er sich hastig umschaute. »Sorry, keine Zeit zum Plaudern – wo ist die Seele hin?« Sein Blick glitt über die unzähligen Bücherregale, die alten Computer mit den Röhrenbildschirmen, über das Schild mit der Aufschrift *Bitte um Ruhe.* Letzteres schien Harold nicht zu kümmern.

»Da lang!«, flüsterte Otto und zeigte in die Richtung, in die der Feuerball verschwunden war. Sofort stürmte Harold durch die Lesehalle.

»Huch!«, rief Emily und strich sich die Haare aus der Stirn.

»Mr Cooper hat ein ganz schönes Tempo drauf«, stellte Otto fest und sah zu, wie das rote Etwas durch die Bücherreihen zuckte wie ein Pingpongball.

Harolds wilde Verfolgungsjagd ließ die dicken Wälzer reihenweise aus den Regalen purzeln. Wie ein Wahnsinniger fegte er durch die Gänge. Otto hatte Angst, dass jeden Moment Ms Peck hereinkommen könnte.

Wenn sie dieses Chaos sah, würde sie bestimmt annehmen, Emily und er hätten in ihrer Abwesenheit die Bibliothek verwüstet.

»Harold! Geht es nicht etwas vorsichtiger?«, ermahnte er den Sensenmann.

Inzwischen war Harold auf eins der Regale geklettert, reckte sich in Richtung des gegenüberliegenden Bücherregals und zückte dabei sein Schmetterlingsnetz. Das Ganze sah ziemlich wackelig aus.

Im nächsten Moment ruderte er mit den Armen, geriet ins Wanken und purzelte rücklings auf den Fußboden. Dabei machten seine Knochen ein widerlich knacksendes Geräusch.

»Mist«, krächzte er und rieb sich das Schulterblatt unter seiner Kutte. »Jetzt hätte ich mir beinahe auch noch alle Knochen gebrochen. Wenn ich diesen Alten nicht rechtzeitig ins Jenseits befördere, bekommt eure Schule ihr erstes Spukgespenst.«

Otto grinste. Ein Geist, der durch die Klassenzimmer spukte, die nervigen Lehrer erschreckte oder schlechte

Tests mit einem zufälligen Windstoß aus dem Fenster beförderte. Das stellte er sich ziemlich witzig vor.

Andererseits ärgerte es die meisten Geister, wenn ihre Seele von Sensenmännern im Diesseits vergessen wurde. Auch wenn sich die Seelen meist erst zierten, ins Schmetterlingsnetz zu wandern, auf lange Sicht lebte es sich im Jenseits doch besser als auf Erden als Spukgespenst. Zumindest wenn man Sir Tonys Worten Glauben schenken wollte.

Otto stand auf und half Harold hoch. »Wir helfen dir. Immerhin haben wir eine Fledermaus dabei«, schlug er vor. Dann rief er: »Vincent! Zeit, dich nützlich zu machen! Sieh dich um und versuch herauszufinden, wo Mr Coopers Seele steckt.«

»Dort drüben, ihr Trantüten!«, krähte Vincent, der auf einem der Regale thronte. »Er versteckt sich hinter Ms Pecks Schreibtisch.«

»Aha!« Mit dem Netz voran hastete Harold durch die Gänge und murmelte dabei: »Dass die hässliche Flugratte mal zu etwas nütze ist …«

»Das hab ich gehört, Klappergerippe!«, schrie Vincent zurück.

Mit einem präzisen Schwung beförderte Harold den glühenden Seelenball in sein Netz, drehte es um und ließ das rote Ding in ein Gurkenglas gleiten. Stolz

schraubte er den Deckel darauf und präsentierte Otto und Emily das Glas wie einen Pokal.

»Mission beendet«, verkündete er zufrieden und verstaute das Glas in einer ramponierten braunen Umhängetasche. Dann ließ er sich auf Ottos und Emilys Schreibtisch fallen. »Und jetzt sagt mal, was treibt ihr um diese Uhrzeit noch hier in der Schule? Solltet ihr nicht draußen Seilhüpfen spielen? Oder mit Kreide auf die Pflastersteine malen? Oder was Kinder sonst so machen?«

Otto und Emily warfen sich verwirrte Blicke zu. Harold war wohl schon eine ganze Weile nicht mehr jung gewesen.

»Wir müssen nachsitzen«, erklärte Emily schließlich. »Otto und ich sind nämlich gestern in Scaryland absichtlich – « Sie brach ab. »Das ist eine ziemlich lange Geschichte.«

»Ich bin tot. Ich habe Zeit.« Harold lehnte sich zurück und hörte zu, wie Otto und Emily ihm davon berichteten, dass nun auch Bert verschwunden war. Und dass die Spur zu Philippe Bleu führte, dem Besitzer von Scaryland.

»Wir glauben, dass Bleu dieselbe Fähigkeit wie ich besitzt«, weihte Otto Harold in seinen Verdacht ein. »Deshalb weiß er, wo Geister zu holen sind.«

»Noch ein Mensch mit übersinnlichen Fähigkeiten?«

Harold überlegte angestrengt. »Der es auf Geister abgesehen hat?«

Otto stand auf und lief vor Emily und Harold auf und ab. »Du hast es erfasst! Und wir müssen Bleu aufhalten«, rief er. »Sonst ist Scaryland bald voll von entführten Geistern.«

»Hilfst du uns?«, bat Emily. Ihre verschiedenfarbigen Augen funkelten Harold eindringlich an. »Wir müssen Tony und Bert aus Scaryland befreien. Am besten morgen, da ist Wochenende. Du musst uns begleiten, Harold.«

Harold hob die knochigen Schultern. »Warum nicht.« Er wackelte mit dem Schädel. »Ein Trip in diesen Vergnügungspark ist zumindest eine Abwechslung zum üblichen öden Schichtdienst.«

Ein Sensenmann in Scaryland

»Und du meinst, unser Plan funktioniert?« Otto drehte sich zu Harold um und trat nervös von einem Bein aufs andere. Es war Samstag und erst neun Uhr morgens, doch vor der Ticketkasse hatte sich schon eine beachtliche Menschenschlange gebildet. »Wir spazieren in die Festung der Finsternis und transportieren Sir Tony in einem alten Staubsaugerbeutel wieder raus?«

Zugegeben, für ausgefeiltere Pläne hatten Otto, Emily und Harold in der Bibliothek nicht die notwendige Zeit gehabt, bevor Ms Peck wieder aufgekreuzt war. Sie hatten weder überlegt, wie Sir Tony aus seinem Gefängnis aus Aluminium befreit werden sollte, noch welche Geschichte sie Bleu auftischen könnten, sollte er sie erwischen. Erschwerend kam hinzu, dass die

Festung der Finsternis ihre Pforten immer noch nicht geöffnet hatte.

Alles, was Otto und Emily als Hilfsmittel eingepackt hatten, waren ein übrig gebliebener Staubsaugerbeutel des Staub-O-Mats, eine vorlaute Fledermaus und ein unsichtbarer Sensenmann. Vor allem an Harold knüpfte Otto all seine Hoffnungen. Vielleicht hatte der Sensenmann ja noch einige Tricks in petto, von denen sie nichts ahnten.

Momentan jedenfalls war Harold die Ruhe in Person. »Wird schon schiefgehen«, beruhigte er Otto und wich gerade noch rechtzeitig einer fülligen Frau aus, die Anstalten machte, durch ihn hindurchzugehen. »Überleg doch mal: Wenn dieser Mr Bleu deine Geister trotz der Aluminiumwände in die Festung reinbekommen konnte, müssen wir sie auch wieder rausbekommen, nicht wahr? Logisch.«

»Zwei Tickets für Kinder unter fünfzehn?«, stahl sich eine fremde Stimme in Ottos Ohr.

»Hm?« Otto fuhr herum. Er hatte gar nicht gemerkt, dass Emily und er an den Anfang der Schlange vorgerückt waren. Hoffentlich hatte die Frau hinterm Tresen nicht mitgekriegt, wie er mit der Luft geredet hatte. Er hatte keine Lust, bereits am Eingang zu Scaryland aufzufallen.

»Vielen Dank.« Emily hatte aufgepasst, zückte ihr

Portemonnaie und nahm die Tickets entgegen. Danach hielten die beiden ihre Eintrittskarten unter den Scanner und gingen durchs Drehkreuz, während Harold mit einem beherzten Sprung über die Absperrung hechtete. Unsichtbare Sensenmänner kauften offenbar keine Tickets.

Im Park steuerten sie eine unbeobachtete Ecke hinter den Toiletten an und steckten die Köpfe zusammen.

»Also gut. Wir machen es wie beim letzten Mal«, übernahm Otto das Ruder. »Wir schleichen uns in die Festung der Finsternis, suchen nach Bert und Sir Tony und anschließend nach einem Weg, um die beiden dort rauszuschaffen.«

Emily nickte. »Mr Walker ist zwar heute nicht dabei, trotzdem könnte uns jemand in die Festung folgen. Zum Beispiel dieser Fiesling Bleu! Wir brauchen einen Aufpasser. Jemanden, der den Überblick behält. Jemanden, der fliegen kann.«

Erwartungsvoll blickten alle drei auf Ottos Rucksack, in dem Vincent steckte. Doch die Fledermaus schien sich nicht angesprochen zu fühlen.

»Vince!«, zischte Otto und stellte den Rucksack auf den Boden. Normalerweise konnte Vincent es gar nicht erwarten, aus dem stickigen Rucksack in die Freiheit zu flattern. Schlief er etwa?

»Was denn?« Endlich reckte Vincent seinen Kopf aus

einem der Seitenfächer. »Warum guckt ihr mich alle an? Ich hab keine Lust, euren Aufpasser zu spielen.«

»Aber Vincent!« Emily raffte ihren weißen Spitzenrock hoch und hockte sich neben den Rucksack. »Du bist der Einzige von uns, der fliegen kann.«

»Pfff.« Vincent kletterte aus dem Rucksack und flatterte auf Emilys Arm. »Fliegen wird überbewertet. Den Job könnte doch genauso gut einer von euch erledigen. Das Gerippe zum Beispiel gäbe einen prima Aufseher ab. Immerhin kann es sich unsichtbar machen!« Mürrisch verschränkte er die Flügel vor der Brust. »Ich will auch mal in diese Festung rein«, maulte er. »Warum bleibt mir der ganze Spaß immer verwehrt?«

Otto seufze. Na super. Eine aufmüpfige Fledermaus, die gegen die Gruppe arbeitete, hatte ihm gerade noch gefehlt.

»Ach, bitte, Vincent.« Emily machte große Augen und ließ ihre Wimpern flattern. »Du bist der Wichtigste von uns allen. Du entscheidest über Sieg oder Niederlage. Außerdem kannst du aufs Dach der Festung fliegen, bis auf die Spitze des höchsten Turms. Von dort sieht man bis nach Frankreich.«

Schließlich ließ Vincent sich doch breitschlagen. »Na meinetwegen«, brummte er unwillig und stieß sich von Emilys Arm ab. »Ist ja wieder mal typisch. Immer auf die Kleinen.«

»Wenn sich jemand der Festung nähert, warnst du uns, verstanden?«, schärfte Otto ihm ein. Vincent krähte ein unhöfliches »Jawohl« als Antwort, bevor er sich über dem Toilettenhäuschen in den Himmel erhob.

»Also weiter. Ist Harold bereit?«, erkundigte sich Emily und spähte verstohlen um die Ecke. Dann nickte sie. Die Luft schien rein zu sein.

»Bin ich«, grinste Harold.

»Ist er«, übersetzte Otto.

»Dann folge uns unauffällig«, wies Emily ihn an und ging voran, zurück in die Menge. An einer Übersichtskarte blieb sie kurz stehen. »Wir müssen quer durch den Park, vorbei am Terrortunnel und an der Achterbahn des Grauens, bis ganz nach hinten zur Festung der Finsternis. Und dieser schleimige Kotzbrocken Bleu sollte uns nach Möglichkeit nicht erwischen.«

Die drei hatten Glück. Obwohl es so früh war, herrschte in ganz Scaryland bereits heilloses Getümmel. Otto und Emily konnten sich unerkannt durch die Menschenmasse drücken, während der Sensenmann lässig neben ihnen herschlenderte.

»Na sieh mal einer an«, staunte Harold, als sie schließlich vor den wuchtigen Mauern der Festung angelangt waren, die in der Morgensonne glitzerten. Er nickte anerkennend. »Die Hütte hier sieht echt bedrohlich aus. Bin mal gespannt auf die Innenausstattung.«

»Ich fürchte, das könnte etwas schwierig werden«, murmelte Otto. Sein Blick fixierte das schwere eiserne Burgtor. Bei ihrem letzten Besuch hatten Otto und Emily sich unbemerkt ins Innere schleichen können, doch heute hatten sich dort Wachmänner positioniert. Zwei große Kerle mit Sicherheitswesten und Walkie-Talkies schritten vor dem Eingang der Burg auf und ab.

»Na toll«, seufzte Emily. »Letztes Mal hing da bloß ein Schild.«

»Verflixt.« Otto stampfte mit dem Bein auf. »Bestimmt hat Bleu diese Typen unseretwegen engagiert. Er hat Angst, wir könnten wiederkommen und uns Sir Tony zurückholen.« Er ballte die Fäuste. »Von wegen, es gibt keine Geister.«

»Ach, die müssen doch sicher mal aufs Klo«, vermutete Harold und ließ sich auf einen großen Stein plumpsen, als wollte er die Zeit bis dahin aussitzen.

»Quatsch. Die gehen nicht zu zweit aufs Klo, Harold! Das sind doch keine Mädchen.« Unruhig lief Otto auf und ab und fuhr sich durchs struppige Haar. Wenn sie in sicherer Entfernung zum Tor warteten und darauf hofften, dass die Wachen mal kurz verschwanden, konnte sich die Operation »Geisterbefreiung« noch eine Weile hinziehen. Außerdem stieg dann die Gefahr, Bleu zu begegnen.

Nein. Herumsitzen war keine Lösung. Ein anderer Plan musste her.

»Wir müssen uns was überlegen«, beschloss jetzt auch Emily. »Ihr müsst mir helfen. Drei Köpfen fällt mehr ein als einem.« Sie sah sich um. »Kann Harold sich nicht sichtbar machen? Hier ist doch eh niemand außer uns. Ich finde es komisch, ständig in die Luft zu reden.«

Schulterzuckend tat Harold wie ihm geheißen. Er ließ die Sense über seinen Kopf kreisen, damit er sichtbar wurde. Anschließend legte er sie ins hohe Gras. »Was ist, wenn wir einfach nachts wiederkommen?«, schlug er Emily vor. »Nachts ist die Festung bestimmt – «

Weiter kam Harold nicht. Jemand zerrte von hinten an seiner Kutte, sodass er strauchelte.

»Entschuldigung, Mister«, krähte eine Stimme. »Dürfen wir mit Ihnen ein Foto machen? Ihr Kostüm ist der absolute Hammer.«

Otto blinzelte überrascht. Vor Harold hatten sich zwei Jungs aufgebaut und grinsten ihn mit ihren Zahnlücken erwartungsvoll an. Der linke hatte sich als Gespenst verkleidet, der rechte als Zombie. Dahinter wartete eine junge Mutter, die einen Kinderwagen schob. Wo kamen die drei plötzlich her?

»Diese falsche Knochenhand unter Ihrer Kutte ist

originell«, lachte die Mutter. »Bekommt man so etwas im Kostümverleih? Für Halloween wäre das wirklich – «

»Ich glaube, Sie verwechseln mich«, unterbrach Harold sie und zog seine Kapuze tiefer in die Stirn. In seiner Stimme schwang eine Prise Verlegenheit. »Ich bin … äh, keine Gruselfigur aus diesem Park.« Er lachte. »Wenn ihr beiden euch mit seltsamen Gestalten fotografieren lassen wollt, müsst ihr nach Disneyland.«

»Ach bitte, nur ein Foto«, bettelte der Zombie. Inzwischen hatten sich noch zwei Mädchen hinzugesellt, die Harold ehrfürchtig anstarrten.

»Was stellen Sie eigentlich dar?«, fragte eins davon. Forsch schob es sich vor die Jungs und betrachtete ihn eingehend. »Soll das ein Vampirumhang sein? Blass sind Sie auch. Zeigen Sie mal, haben Sie auch Vampirzähne?«

Harold holte tief Luft und rang mit den Händen. »Genug jetzt, Kinder!«, rief er verärgert. »Ich bin doch kein Vampir.« Er bückte sich und tastete den Erdboden ab. »Wo ist denn das blöde Ding?«, murmelte er. Wieder an die Kinder gewandt sagte er: »Wenn ich meine Sense finde, werdet ihr mich bestimmt erkennen.«

»Guck mal, Otto«, flüsterte Emily Otto zu, während Harold sich doch noch zu einem Foto breitschlagen ließ. »Die beiden Männer am Tor haben uns bemerkt. Sie kommen auf Harold zu.«

Tatsächlich. Die beiden Wachmänner schoben sich durch die Kindergruppe und blieben vor Harold stehen. Wollten die etwa auch ein Foto mit ihm?

»Sir«, begann einer der beiden und zog ein Klemmbrett aus der Tasche. »Sie sind dann wohl der neue Oberkellner für das neue Themenparkrestaurant, den Höllenschlund.« Er musterte Harold von oben bis unten. »Wie ich sehe, haben Sie Ihr Kostüm schon an. Sehr gut. Sie müssen sich nur noch am Empfang melden, dort bekommen Sie Ihre Dienstunterlagen.«

Harold wurde immer wütender. »Ich bin der neue was?«, rief er und starrte die Wachposten böse an. »Höllenschlund?! Was zur Hölle –« Doch dann brach er ab, schien kurz zu überlegen und warf Otto einen Blick zu. Es sah fast so aus, als zwinkerte Harold ihm zu. »Ach so. Der neue Oberkellner. Ja, der bin ich. Wären Sie wohl so freundlich und würden mich zum Empfang begleiten? Ich verlaufe mich hier ständig. Außerdem werde ich permanent von irgendwelchen Rotznasen aufgehalten. Es wäre gut, wenn Sie mir die vom Leib halten würden.«

Aufgeregt stupste Otto Emily in die Rippen. Harold war ein Genie! Er spielte mit und sorgte dafür, dass die beiden Kerle den Eingang unbeaufsichtigt zurückließen.

Der linke Aufpasser nickte. »Natürlich bringen wir Sie dorthin, Mister –«

»Harold«, antwortete Harold und folgte den beiden Männern. »Aber Sie können mich auch Scary Harry nennen.«

Operation Geisterbefreiung

Wir laufen direkt in den Festsaal zu Sir Tony«, schlug Emily vor, als sie über den weichen roten Teppich in die Eingangshalle der Festung marschierten. »Um mit der Achterbahn zu fahren, haben wir nicht die nötige Zeit.«

Otto nickte und überlegte kurz, welche Richtung sie einschlagen mussten. Die Bahn hatte sie erst die Treppen empor und anschließend durch eine Handvoll Zimmer geführt, immer im Zickzack, bis Otto und Emily vollkommen die Orientierung verloren hatten.

Außerdem lagen alle Gänge im düsteren Zwielicht und waren einander zum Verwechseln ähnlich. Jedes der wuchtigen Porträts zeigte einen Ahnen in altertümlicher Kleidung, doch im dämmrigen Licht sah alles hier gleich aus.

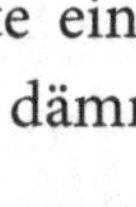

Eigentlich liebte Otto alte Gemäuer. Sich in versteckte Ecken zu schleichen und dort nach vergessenen Gegenständen zu suchen, bereitete ihm einen Heidenspaß. Jedes der Fundstücke erzählte eine Geschichte. Trotz des traurigen Schicksals seiner Eltern in Mexiko gab es für Otto nur einen Traumberuf: Archäologe. Ob sich irgendwo in diesem Gebäude noch Knochen aus dem Mittelalter befanden? Überreste einer Folterkammer?

Doch dann fiel ihm wieder ein, dass er eine Aufgabe zu erfüllen hatte. Es war jetzt keine Zeit, die Burg zu erforschen.

»Hier, nach links!« Otto zog Emily am Ärmel und schob sie an einer Ritterrüstung vorbei in einen der Gänge. Nach wenigen Schritten hielt er inne und lauschte.

»Hörst du das?« Otto konzentrierte sich. Er hatte das Gefühl, dass sie nicht mehr alleine waren. Aus einiger Entfernung vernahm er Stimmen. Aufgeregtes Geplapper schien aus einem der Räume zu ihrer Rechten zu kommen.

»Was meinst du?« Emily runzelte die Stirn.

»Da unterhält sich jemand. Eine Frau und ein Mann.« Otto drückte sein Ohr an eine der Türen. Nun konnte er beinahe die Worte verstehen, die im Zimmer dahinter gesprochen wurden. »Kann es sein, dass uns jemand gefolgt ist?«

Emily schien irritiert. »Ich weiß nicht, was du –«

Kurzerhand legte Otto die Hand an die Klinke, drückte sie vorsichtig herunter und spähte durch den Türspalt in das Zimmer, das auf den ersten Blick aussah wie eine altmodische Küche.

Doch das war nicht alles, was Otto sah. Im Raum befanden sich tatsächlich zwei Menschen. Eine Frau im üppigen geblümten Rüschenkleid hockte auf der Anrichte und ließ die Beine baumeln, während ein Herr in einer schwarzen Robe mit einem weißen Band um den Hals in einem dicken Buch las.

Zuerst hielt Otto sie für Bleus Personal. Zwei weitere Aufpasser, die dafür Sorge trugen, dass sich keine ungebetenen Besucher in die Festung schlichen.

»Pater Ferdinand, hat die Festung denn schon geöffnet? Sehen Sie nur. Da … da steht ein Junge«, stotterte die Frau im Rüschenkleid. Ihr Blick fixierte Otto. »Und ich glaube, er kann uns sehen.«

»Du liebes bisschen!«, entfuhr es Otto, der eins und eins zusammenzählte. »Ihr … ihr seid Geister.«

Der Mann, der aussah wie ein Pfarrer, klappte sein Buch zu. »Vielleicht gehört er zu Bleu und seinem Team«, vermutete er und runzelte beunruhigt die Stirn.

»Na warte!«, knurrte der weibliche Geist. Im nächsten Moment raste er auf Otto zu, huschte um seine Beine und verknotete dabei seine Schnürsenkel.

Otto wusste gar nicht, wie ihm geschah. Er wollte noch zurückweichen, doch er verlor das Gleichgewicht. Zum Glück bekam er Emilys Schulter zu fassen, bevor er auf den Boden geknallt wäre.

Was sollte denn dieser fiese Angriff?

»Was zum Geier war denn das?«, fluchte Otto und funkelte die beiden Geister böse an. »Ich gehöre nicht zu Bleus Team. Ich bin auf eurer Seite!«

Der männliche Geist schwebte Otto und Emily entgegen. In einigen Metern Entfernung hielt er inne und betrachtete Otto aufmerksam. »Hm. Hätte mich auch gewundert, wenn Bleu bereits Kinder für seine Schandtaten zu Hilfe zieht.«

Er schüttelte den Kopf. »Ich glaube dir. Bitte entschuldige Lady Marys kleinen Übergriff. Sie traut Fremden nicht.«

»Buh!«, schrie plötzlich jemand in Ottos Ohr. Er drehte sich um.

Ein dicklicher Geist im Clownskostüm und mit roter Nase schwebte an ihm vorbei. »Oh Mann. Der Junge ist nicht mal zusammengezuckt. Ich wusste doch, ich bin das mieseste Schreckgespenst auf dem Planeten.« Er schnaubte. »Aber das hat diesen Fiesling Bleu trotzdem nicht davon abgehalten, mich hierher zu verschleppen.«

Pater Ferdinand, der Mann in der schwarzen Kutte, nickte Otto zu. »Ein Junge, der Geister sehen kann.« Er schüttelte den Kopf. »Das ist wirklich kurios.«

»Sei vorsichtig«, warnte ihn die Dame. »Vielleicht hat er etwas von diesem widerlichen Glitzerpapier dabei, von dem ich so fürchterliche Migräne bekomme.«

»Alufolie?«, kombinierte Otto. »Nein, ich will euch nichts tun, glaubt mir.« Er lächelte schwach. Plötzlich drei fremden Geistern gegenüberzustehen überforderte ihn. »Ich bin übrigens Otto. Und das ist Emily.«

»Ich bin Pater Ferdinand und spuke in der St.-Benedict-Kathedrale am anderen Ende der Stadt«, stellte sich der Geistliche vor. Er deutete auf die Frau im Rüschenkleid. »Und Lady Mary war früher Floristin, nun spukt sie in einem Blumenladen.«

»Und ich bin Foggy«, ergänzte der Clown und zog einen viel zu kleinen Hut mit Stoffblume vom Kopf. »Das Spukgespenst des hiesigen Zirkus'. Das heißt, das war ich, bevor mich dieser Betrüger Bleu geschnappt hat. Seitdem sind mir die Witze ausgegangen.«

Otto wusste nicht, was er sagen sollte. Bis jetzt hatte er noch keine anderen Geister außer Tony, Bert und

Molly kennengelernt. Dabei war es eigentlich logisch, dass Tante Sharons Villa nicht der einzige Ort sein konnte, an dem es spukte. Immerhin lebten sie in England.

Die drei schienen auf eine Antwort zu warten. Otto räusperte sich. »Keine Sorge«, beruhigte er die Geister. »Ich bin hier, um euch zu befreien.«

»Uns befreien?« Lady Mary hielt sich die Stirn. »Das klappt doch nie. Wir sind dazu verdammt, ewig hier festzusitzen. Durch die Wände können wir nicht schweben und selbst das Eingangstor ist mit diesem widerlichen Zeug präpariert.« Sie verdrehte die Augen. »Ach du liebe Güte, schon alleine beim Gedanken daran wird mir ganz blümerant. Was für eine Schande, dass ich mein Riechsalz nicht dabeihabe.«

Der Pfarrer tätschelte ihr aufmunternd die Schulter, dann wandte er sich an Otto. »Was bringt dich dazu, uns zu helfen, mein Junge?«

»Meine Hausgeister sitzen hier ebenfalls fest«, erklärte Otto. »Ihre Namen sind Bert und Sir Tony. Habt ihr sie irgendwo hier gesehen?«

Der Clown überlegte. »Du meinst diesen zickigen Adeligen und die verfressene Bohnenstange?«

Bingo.

»Genau.« Otto lächelte dünn.

»Sir Tony spukt im großen Festsaal, den Gang entlang, zweite Tür links«, informierte ihn Pater Ferdinand. »Und Bert sitzt in der Vorratskammer fest, unten im Keller.«

»Otto?«, unterbrach Emily und tippte ihn auf die Schulter. Inzwischen schien auch sie verstanden zu haben, was hier vor sich ging. »Frag die drei doch mal, wie viele Geister Mr Bleu noch hierher verschleppt hat.«

»Oh, genug, um einen Gruselfilm zu drehen«, stöhnte Foggy und latschte in seinen viel zu großen Schuhen auf und ab. »Allein letzte Woche hatten wir massenweise Neuzugänge. Bleu hat Gespenster aus ganz England entführt.« Flüsternd fügte er hinzu: »Angeblich steckt hier sogar ein englischer König fest. Heinrich der –« Foggy kratzte sich an der Stirn. »Ich kann mir Namen furchtbar schlecht merken.«

Otto überlegte angestrengt. Auch wenn Harold es schaffen würde, die Wachen vom Burgtor fernzuhalten, die Zeit würde niemals reichen, um alle Geister hier rauszuschaffen. Die Festung schien wie ein riesiges Labyrinth. Es würde Stunden dauern, alle Geister ausfindig zu machen. Nein. Um eine groß angelegte Befreiungsaktion zu starten, brauchten Otto, Emily und Harold einen besseren Plan. Und vor allem eins – mehr Zeit.

»Wir müssen leider los«, sagte Otto. »Die Zeit drängt.

Aber wir kommen zurück. Mit einem Plan. Versprochen.«

»Ach, das wäre zu schön.« Lady Mary griff sich erneut an die Stirn und verdrehte die Augen, doch da war Otto schon halb aus der Tür.

Zum Glück stimmte die Wegbeschreibung der Geister. Von der Küche war es nicht mehr weit bis in den Festsaal. Dort hockte Sir Tony auf der Stirnseite der Festtagstafel und führte Selbstgespräche.

»Sir Tony, Spukgespenst in einem Vergnügungspark?«, stöhnte er. »Das ist unter meiner Würde. Ich habe doch gar keinen Spaß daran, mit Ketten zu rasseln und einfältige Menschen zu erschrecken. Ich bin friedfertig.«

»Bei Tante Sharon bereitet es dir aber doch Freude«, konterte Otto und grinste schelmisch.

Der Geist sah auf. »Otto! Du bist wieder da!« Er schwebte auf ihn zu. »Na ja, Tante Sharon ist eine Ausnahme. Immerhin ist sie eine fiese Hausbesetzerin.«

»Tony! Du bist tot und sie hat das Haus rechtmäßig erworben.«

»Papperlapapp«, winkte der Geist ab. »Wie auch immer, ich will hier weg. Außerdem vermisse ich Bert und Molly.«

Otto hob eine Augenbraue. »Ach ja?« Solche liebevollen Seiten war er von Tony gar nicht gewohnt.

»Na klar. Habt ihr schon mal einen Adeligen ohne Personal gesehen?«

»Hör zu. Wir wollen dich hier rausholen. Dich und Bert. Wir haben nicht viel Zeit.« Kurzerhand nahm Otto seinen Rucksack von den Schultern und zog den Staubbeutel heraus.

»Ottoooooo!«, schallte eine Stimme aus dem Kamin. Otto fuhr herum. Wenige Augenblicke später stob eine Staubwolke auf und Vincent segelte in den Festsaal. Sein Fell war über und über mit Ruß verschmiert. Bloß die goldenen Augen hoben sich von dem Schmutz ab. »Ihr müsst abhauen! Harold und die Wachmänner sind auf dem Rückweg.«

»Mist!«, fluchte Emily. »Komm, Tony. Ab in den Staubsaugerbeutel und dann weg hier.«

Das ließ sich Ottos Hausgeist nicht zweimal sagen. Sir Tony kletterte auf den Festtagstisch, hob die Arme, als wollte er zu einem Hechtsprung ansetzen, und verschwand flugs in der runden Öffnung des Beutels.

»Und nun ab in den Keller zu Bert, ja?« Ottos Handflächen wurden feucht. Hatten sie dafür genug Zeit?

»Zu gefährlich!«, meinte Vincent. »Den holen wir beim nächsten Mal.« Eilig flatterte er auf die große Doppeltür zu, die in den Flur führte.

Damit wollte sich Otto nicht einfach zufriedengeben. »Aber –«

»Nichts aber!« Vincent war in die Eingangshalle gesegelt und hockte auf dem Kopf einer Bronzestatue. »Bert geht es bestimmt gut. Im Vorratskeller bunkert Bleu die ganzen Lebensmittel für das neue Restaurant. Tonnenweise feinsten Schweizer Käse.«

»Wir kommen zurück, Otto«, versicherte ihm Emily. »Aber jetzt müssen wir hier raus.«

Otto nickte. Auch wenn es ihm schwerfiel, Bert und die anderen Geister zurückzulassen, Emily hatte recht. Sobald das Tor wieder bewacht war, gab es keine Möglichkeit, Geister unbemerkt nach draußen zu befördern.

Otto wusste zwar nicht, wie Geister genau auf Aluminium reagierten und warum ihnen ausgerechnet dieses Zeug so viel auszumachen schien. Fest stand bloß, dass Bleu von der Achillesferse der Geister wusste – und sie geschickt einsetzte.

Als sie am Tor angekommen waren, hörte Otto die Stimmen der beiden Wachen. Er blieb wie angewurzelt stehen und drückte seinen Rücken gegen die Mauer. Wenn sie jetzt flohen, würden sie den Wachen geradewegs in die Arme laufen.

Verdammt. Was sollten sie jetzt machen?

Doch offenbar wusste Harold, wie man Zeit schinden konnte, und verwickelte seine Begleiter in eine hitzige Diskussion. »Das ist alles, was man dem neuen Oberkellner im Höllenschlund zahlen will?«, echauffierte er sich und hielt an. »Das ist viel zu wenig. Schließlich wurde ich in den feinsten Lokalen von Paris ausgebildet. Ich will mit dem Geschäftsführer des Restaurants sprechen. Oder nein, noch besser, bringen Sie mich zum Besitzer von Scaryland, diesem Mr Bleu.«

»Wie oft denn noch, wir können Ihnen nicht helfen, Mr … äh … Scary Harry«, entgegnete einer der Aufseher. Seinem barschen Tonfall nach zu urteilen hatte Harold seine Geduld überstrapaziert. »Wir müssen jetzt wieder unserem eigentlichen Job nachgehen. Und der lautet, diese Festung zu bewachen. Sie haben uns schon lang genug aufgehalten.«

Während Otto dem Gespräch lauschte, kroch die Kälte aus den Mauern in seinen Körper. Selbst Vincent in seiner Brusttasche schlotterte. Otto wusste nicht genau, ob es an der Kälte oder an der Aufregung lag. Vorsichtig öffnete er das eiserne Burgtor einen winzigen Spalt und lugte hindurch.

»Die Bezahlung hier reicht ja kaum zum Leben!«, rief Harold und stellte sich den beiden Wächtern breitbeinig in den Weg. Über seine Schulter nahm er für eine Sekunde Blickkontakt mit Otto auf und zuckte dabei mit dem Kinn. Er gab ihm zu verstehen, dass sie durchs Burgtor flüchten sollten.

»Dabei bin ich doch schon am Verhungern«, fuhr

Harold fort. Mit einer plötzlichen Handbewegung öffnete er seine Kutte und zeigte den Aufpassern seinen knochigen Körper. »Sehen Sie mich an. Ich bin ja nur noch ein Knochengerippe.«

Die Wachen erstarrten. Dem Dickeren der beiden fiel vor Schreck das Walkie-Talkie aus der Hand.

»W…wie ist da…das möglich?«, stotterte der andere. Sein Blick blieb irgendwo zwischen Harolds Rippen hängen.

Harolds Körper sah so aus wie das Biologie-Skelett aus Ottos Schule. Kein Stückchen Haut, kein einziges Organ war mehr an ihm dran.

»Was … was zum Geier ist das für ein Kostüm?«, wollte der Erste wissen und bückte sich nach seinem Walkie-Talkie, ohne Harold aus den Augen zu lassen.

»Das sieht nicht aus wie ein Kostüm«, entgegnete sein Kollege. »Dieser Typ ist ein … Skelett!«

»Jetzt«, zischte Otto, nahm Emily an der Hand und sprintete mit ihr durchs Burgtor, an den Wachen vorbei und über die Brücke. Dann bogen sie vom gepflasterten Weg ab und huschten hinter eine Hecke, bis sie außer Sichtweite waren. Sicherheitshalber spähte Otto in seinen Rucksack, in den er den Staubsaugerbeutel gestopft hatte. Sir Tony schien wohlauf zu sein.

»Sollen wir darauf warten, dass Harold uns findet?«, wollte Emily wissen.

»Quatsch. Der Knochenmann kann sich unsichtbar machen und unauffällig hier rausspazieren«, erwiderte Vincent und steckte seinen Kopf durch die Hecke, um Harold besser sehen zu können. »Wir drei ohne Superkräfte sollten uns allerdings schleunigst vom Acker machen.«

Sie gingen denselben Weg zurück, den sie gekommen waren. Die Promenade entlang, vorbei an den Fahrgeschäften, den nach Zuckerwatte duftenden Imbissbuden und den Verkaufsständen, an denen lauter Schnickschnack zu Wucherpreisen angeboten wurde. Dabei gaben sie sich Mühe, mit einem glücklichen Lächeln locker dahinzuschlendern. So wie es alle Besucher hier taten. Möglichst nicht auffallen, lautete die Devise. Dabei wirbelten tausend Fragen durch Ottos Kopf. Wie hatte es Bleu nur geschafft, so viele Geister für seine Spukattraktion zu beschaffen? Und warum stritt er vor Otto ab, dass es Geister tatsächlich gab?

Der Typ war gefährlich, das stand außer Frage. Die perfekt einstudierte Freundlichkeit konnte Otto nicht über das merkwürdige Blitzen in Bleus Augen hinwegtäuschen. Der Kerl kannte sich mit Geistern aus. Und er hatte keinerlei Skrupel, sie für seine Zwecke einzusetzen.

Bleus Plan hätte wunderbar aufgehen können, wäre Otto nicht gewesen. Die Besucher der Festung der

Finsternis würden sich in der Tat mächtig gruseln. Ein kühler Luftzug, der von nirgendwo zu stammen schien, ein Kronleuchter, der wie von Geisterhand hin- und herschwang – die Festung war eine Attraktion, die bei jedem Besuch etwas Neues bot. Und das ganz ohne Technik.

Die spukenden Geister würden für die Besucher stets unsichtbar bleiben. Ob man nun an Geister glaubte oder nicht, niemand würde sie sehen oder mit ihnen Kontakt aufnehmen können. Keiner würde je erfahren, unter welchen Umständen diese Wesen in die Festung verschleppt worden waren.

Das perfekte Verbrechen.

Otto hatte eben den Gedanken zu Ende gedacht und das Drehkreuz am Ausgang angesteuert, da legte sich von hinten eine Hand auf seinen Rücken. Noch bevor er sich umdrehen konnte, verstärkte sich der Druck und die Hand schob ihn und Emily unsanft um die Ecke eines Gebäudes.

Dort wandte sich Otto um und starrte direkt in Philippe Bleus Augen. Sein Pulsschlag beschleunigte sich. Am liebsten wäre er weggerannt, doch die Betonwand hinter seinem Rücken versperrte ihm den Weg.

»Schön, dass ihr uns wieder besucht«, säuselte Bleu und machte einen Schritt auf Otto und Emily zu.

Emily schluckte hörbar. »Wir haben nur etwas Zuckerwatte gekauft«, log sie und straffte die Schultern, als wollte sie sich nicht einschüchtern lassen. »Und unser Glück bei der Gespensterlotterie versucht.«

»Lüg misch nischt an!«, zischte Bleu und funkelte Emily bedrohlich an. Wie neulich, als er aus der Fassung geraten war, verfiel er auch jetzt wieder in seinen französischen Akzent. Sein Gesicht war zu einer wütenden Fratze verzerrt.

Einen Moment lang fürchtete Otto, Bleu würde zur Ohrfeige ausholen. Hier gab es keine Zeugen. In diesem Eck tummelten sich keine Leute, bloß ein Abzugsrohr ragte aus der Mauer und versprühte heißen Dampf.

»Isch 'abe eusch auf dem Überwachungsband der Festung entdeckt«, konfrontierte sie Bleu. »Was wolltet ihr da? Hatte isch eusch nischt ausdrücklisch darauf 'ingewiesen, dass die Festung erst in wenigen Tagen öffnet?«

Bleu wartete auf eine Antwort, doch dann schien ihm etwas einzufallen. »Moment. Jetzt weiß isch Bescheid. Du warst auf der Suche nach deinem Geisterfreund. Sir Tony, nischt wahr?« Triumphierend grinste Bleu und zeigte eine Reihe perlweißer Zähne.

Na sieh mal einer an. Trotz der misslichen Lage konnte Otto sich ein Grinsen nicht verkneifen. Philippe Bleu hatte seine Meinung, was die Existenz von

Geistern betraf, offensichtlich geändert. Schade, dass Stan und die anderen das nicht hören konnten.

»Aber du kannst deinen Freund nischt so einfach befreien.« Bleu stützte seinen Arm an der Hauswand hinter Otto ab und beugte sich zu ihm herunter, bis sein Gesicht nur wenige Zentimeter von Ottos entfernt war. »Die Bürg ist bewacht.« Er zwinkerte unheilvoll. »Und dass Geister dürsch Wände gehen können, stimmt auch nischt ganz.«

Otto presste den Rucksack mit Sir Tonys Beutel dichter an seinen Körper. Bleu schien nicht zu ahnen, dass sich einer seiner Geister in Ottos Gepäck befand. Ob Otto mit seinem Verdacht vielleicht danebenlag und Bleu doch keine Geister sehen konnte? Andererseits hatte er ja keine Röntgenaugen, die den Stoff durchdringen konnten. Es blieb zu hoffen, dass Sir Tony nicht plötzlich einen Asthmaanfall oder eine Niesattacke erlitt.

»Sie sollten Respekt vor Geistern haben«, fauchte Emily. Ihre verschiedenfarbigen Augen funkelten. »Anstatt sie aus ihren gewohnten Umgebungen zu reißen und hier im Park festzuhalten. Das … das, was Sie machen, ist Geisterquälerei!«

Bleu lachte auf. Er kam noch näher an Otto und Emily heran. »Pass lieber auf, dass dir nischt dasselbe Schicksal widerfährt, jünges Fräulein«, hauchte er bedrohlich leise. »Eine kleine Ünachtsamkeit –«, er schnippte mit den Fingern, »und schon ist so ein Leben einfach ausgelöscht. Dann kannst du deinen Geisterfreunden Gesellschaft leisten.«

Otto schnappte nach Luft. Seine Arme waren von Gänsehaut überzogen und selbst Emily hatte es die Sprache verschlagen. Er konnte fühlen, wie sie zitterte. Ihr Gesicht hatte dieselbe Farbe wie ihr weißer Spitzenrock angenommen.

Hatte Bleu ihnen gerade gedroht, sie … umzubringen?

»Jetzt guckt doch nischt so erschrocken!« Bleu ging einen Schritt zurück und schüttelte den Kopf. »Isch will doch, dass Kinder ’ier in Scaryland Spaß ’aben. Und nischt aussehen wie Kätzschen, die man in eine Badewanne getaucht ’at.« Dann wandte er sich um, trat zurück ins Getümmel und winkte zum Abschied, freundlich wie am Tag ihrer ersten Begegnung. »Macht’s gut, Kinder. Und kommt bald wieder.«

Die Todes-App

Na endlich«, stöhnte Tante Sharon und kletterte vom Esstisch. Sie hatte soeben den Kronleuchter fertig poliert, als Otto ins Wohnzimmer spaziert war. »Du stiehlst dich vor dem Frühstück einfach aus dem Haus und hinterlässt mir bloß diese Notiz?« Sie zog ein Stück kariertes Papier aus der Tasche ihrer Jeans und las: »Bin mit Emily nach Scaryland gefahren. Ist dringend.« Vorwurfsvoll zog sie die Augenbrauen hoch.

Oje. Stress mit Tante Sharon war nun wirklich das Allerletzte, was Otto jetzt noch gebrauchen konnte. Wahrscheinlich wäre es klüger gewesen, sie um Erlaubnis zu fragen, aber er hatte um jeden Preis verhindern wollen, dass Tante Sharon dumme Fragen stellte. Das Beste war wohl, wenn er seinen Fehler zugab und sich bei ihr entschuldigte.

»Tut mir leid, Tante Sharon.« Otto fuhr sich durchs Haar und ließ sich auf einen Stuhl fallen.

Tante Sharon mochte zwar die coolste Tante weit und breit sein, trotzdem war sie ein totaler Kontrollfreak. Das äußerte sich nicht nur in ihrer Putzleidenschaft und ihrer Vorliebe für auf die Sekunde genau tickende Uhren, sondern auch dadurch, dass sie stets wissen wollte, wo sich Otto herumtrieb und wann er nach Hause kommen würde.

Aber wahrscheinlich machte sie sich einfach nur Sorgen um ihn. Sie hatte keine eigenen Kinder, und seitdem Ottos Eltern in Mexiko verschwunden waren, pflegte sie wenig Kontakt mit der Außenwelt.

»Was wolltet ihr denn heute schon wieder in Scaryland?«, wollte Tante Sharon wissen, lehnte den Staubwedel an die Anrichte und sah Otto erwartungsvoll an. »Ihr habt den Park doch erst vorgestern mit der Schule besichtigt?«

Otto biss sich auf die Lippe. Er hatte schon befürchtet, dass sie das fragen würde. »Heute hat eine neue Attraktion eröffnet«, log er und bemühte sich, ihrem Blick standzuhalten. Ihm war überhaupt nicht wohl dabei, sie anzuflunkern, aber was hatte er für eine andere Wahl? »Da durften wir nicht fehlen, ist doch klar.«

Tante Sharon musterte ihn skeptisch und Otto war

nicht sicher, ob sie sich mit dieser Erklärung zufriedengeben würde.

Schließlich seufzte sie, drehte sich um und verschwand mit den Worten »Um sechs gibt's Abendessen« in der Küche.

Otto stieß erleichtert die Luft aus. Er trottete in sein Zimmer, hockte sich auf die Fensterbank und blickte hinab auf den Radieschenweg. Ein paar Sonnenstrahlen drangen durch die Wolken am Himmel, während der Wind die welken Blätter von den Bäumen fegte. Typisches Septemberwetter.

Sogar in Mr Olsens Garten war langsam der Herbst eingezogen. Unkraut wucherte auf den einst liebevoll gepflegten Beeten, dazwischen hingen verwelkte Radieschenblätter.

Der Anblick erschien Otto so trostlos, dass er einen Moment lang überlegte, Tante Sharon alles zu beichten. Die Sache mit den drei Geistern hier im Haus. Der Sensenmann, der Mr Olsens Seele geholt hatte. Bleus Drohung, Otto und Emily umzubringen.

Eine Morddrohung.

War das nicht normalerweise ein Grund, zur Polizei zu gehen? Aber was sollte er den Beamten erzählen? ›Ein durchgeknallter Geschäftsmann will mich und meine Freundin umbringen, weil wir einen Geist im Staubsaugerbeutel geklaut haben‹?

»Oh, wie habe ich all das hier vermisst«, flötete eine Stimme in Ottos Ohr und riss ihn aus seinen trüben Gedanken. »Mein eigenes Heim. Gemütlich und vertraut. Sogar diese Schreckschraube Sharon mit ihrem Uhrentick hat mir gefehlt. Ist das denn die Möglichkeit?«

Otto drehte den Kopf. Sir Tony war aus dem Rucksack geschlüpft und hockte nun auf Ottos Bücherregal, das unter seinem kräftigen Körperbau knarzte.

»Hab ich mich eigentlich schon bei dir bedankt, Otto?« Sir Tony zog ehrfurchtsvoll seinen Hut. »Du, Vincent und Emily, ihr habt ganze Arbeit geleistet. Und sogar dieser Faulpelz von Sensenmann hat sich heute als nützlich erwiesen.«

Otto konnte Sir Tonys Freude nicht ganz teilen. Auch wenn für ihn alles gut ausgegangen war, wie in aller Welt konnten sie den anderen Geistern helfen? Die Frage spukte ihm schon die ganze Zeit im Kopf herum. Ob es so klug war, ein weiteres Mal nach Scaryland zu fahren?

Anstatt auf Sir Tonys Geplapper zu reagieren, griff Otto nach dem Talisman, den er um den Hals trug, und drehte ihn zwischen seinen Fingern. Er hatte den kleinen Knochen vor ein paar Jahren von seinem Vater bekommen. Damals hatte Dad ihm versichert, der Knochen stamme von einem echten Dinosaurier. Als Archäologe musste er es ja wissen.

Nachdem seine Eltern verschwunden waren, hatte Otto ein kleines Loch in den Knochen gebohrt und eine Schnur hindurchgefädelt. Er legte den Talisman nie ab. Immer wenn er nicht weiterwusste, half ihm der Gedanke an seinen Vater. Dad hatte immer für alles eine Lösung gehabt. Doch diesmal schien die Lage aussichtsloser denn je.

»Was ist denn los, Otto?« Tony schien beleidigt. »Hat es dir die Sprache verschlagen?«

»Entschuldige. Ich hab bloß ein wenig gegrübelt«, murmelte Otto schließlich und richtete den Blick wieder aus dem Fenster. Es wurde dunkel. Scaryland hatte inzwischen bestimmt geschlossen. Heute konnte Otto nichts mehr ausrichten.

»Das ist aber nicht besonders höflich.« Tony hüstelte, dann schwebte er neben Otto ans Fenster. »Du freust dich gar nicht für mich. Dabei bist du doch der Held des Tages. Otto, der Geisterbefreier.« Tony grinste. »Wäre ich nicht schon tot, würde ich sagen, du hast mir das Leben gerettet.«

»Und was ist mit Bert?«, platzte es aus Otto heraus. Es klang beinahe vorwurfsvoll. »Hast du denn keine Idee, wie wir ihm helfen können? Nachdem Bleu uns gedroht hat, kann ich doch nicht einfach wieder zurück in den Park marschieren.« Angestrengt rieb er sich die Stirn. »Wenn es doch nur eine Lösung gäbe!«

Ein klatschendes Geräusch ließ Otto zusammenzucken. Vincent hatte sich durchs gekippte Fenster geschlängelt und war nicht besonders elegant neben Otto auf der Fensterbank gelandet.

»Was höre ich da?«, mischte er sich ein und rappelte sich auf. »Du machst dir tatsächlich Sorgen wegen Mr Bleu?« Vincent streckte den Rücken durch und spreizte die Flügel. »Wenn ihr noch mal 'ier auftaucht, sorge isch persönlisch dafür, dass ihr auch bald als Geister dursch meinen Park spükt«, imitierte er ihn kichernd und strich sich mit etwas Spucke das Haupthaar nach hinten. »Pah. Der wollte sich bloß wichtigmachen. Ich glaube nicht, dass irgendjemand vor ihm Angst zu haben braucht. Außer Frösche und Schnecken, das sind sicher seine Leibspeisen.« Vincent würgte. »Pfui Teufel.«

Sir Tony schnaubte. »Und das von jemandem, der Fliegen und Mehlwürmer isst.«

»Na und?« Vincent verschränkte die Flügel. »Wenigstens kann ich mein Essen behalten, ohne dass es durch meinen Körper auf den Fußboden plumpst wie bei euch Geistern.«

»Genug jetzt!« Heute hatte Otto keinen Nerv für Vincents und Tonys Gestänker.

Aber vielleicht hatte Vincent ja recht. Vielleicht hatte Bleus Drohung tatsächlich nichts zu bedeuten und Otto machte sich grundlos Sorgen. Bleu mochte zwar skrupellos sein, aber er war doch bestimmt kein Mörder. Oder doch?

»Otto? Dein Essen wird kalt!«, rief Tante Sharon vom Fuß der Treppe.

Otto beschloss, das Grübeln für heute sein zu lassen. Er rutschte vom Fensterbrett, schloss seine Zimmertür hinter sich und polterte die Treppe hinunter, dem Hühnchengeruch entgegen.

* * *

Am Abend fühlte sich Otto wieder wohler. Er hatte eine doppelte Portion Eis mit Schokostückchen verdrückt und im Anschluss Tante Sharon dabei geholfen, eine Uhr zu reparieren, die ihr der Trödelhändler geschenkt hatte. Inzwischen schien sie Otto nicht mehr böse zu sein.

Otto hatte sich ins Bett gekuschelt und las in einem dicken, in Leder gebundenen Buch, das er in Onkel Archibalds Bücherkammer entdeckt hatte. Er liebte die makabren Geschichten von Edgar Allan Poe, in denen es stets um Verbrechen, Spukgestalten und andere unheimliche Dinge ging. Oft gruselte er sich dabei, doch weglegen mochte er sie trotzdem nie.

Ein Geräusch ließ ihn aufhorchen. Es klang, als ob jemand die Treppe heraufkam. Otto legte das Buch zur

Seite und setzte sich aufrecht in sein Bett. Wer konnte das sein? Die Geister erschienen normalerweise einfach neben seinem Bett, anstatt die Treppe zu benutzen.

Die Schritte verstummten. Wenige Sekunden später klopfte es an Ottos Tür.

»Herein!« Otto schluckte. Einbrecher schieden ebenfalls aus. Die besaßen für gewöhnlich nicht den Anstand anzuklopfen. Vielleicht war es bloß Tante Sharon, die ihm noch eine heiße Milch brachte?

Doch er irrte sich.

»Ha…Harold!«, rief Otto überrascht, als sich ein schwarzer Schatten in sein Zimmer stahl und lautlos die Tür hinter sich schloss.

»'n Abend!«, begrüßte ihn Harold, schlurfte an Ottos Bett vorbei und setzte sich in den uralten Polstersessel am Fenster. »Hast du schon geschlafen? Wenn ja, tut's mir leid.«

»Schon gut. Ich habe bloß gelesen«, murmelte Otto und betrachtete Harold neugierig. Heute trug er weder Gurkengläser durch die Gegend, noch schleppte er seine Sense mit sich herum. Harold hatte heute Nacht und morgen Urlaub, das hatte er heute im Park oft genug erzählt. Er hatte mehrmals betont, dass er in dieser Zeit einen riesengroßen Bogen um alle Friedhöfe und Jenseitsportale machen würde.

Was tat er also hier?

»Hör mal, es gibt etwas, das du wissen musst«, begann Harold. Er kramte angestrengt in der Tasche seiner Kutte und förderte eine Menge Kram zutage: Reserve-Gurkenglasetiketten, einen dicken Filzstift, Metallpolitur für die Sense sowie eine Packung Kaugummi mit dem Namen »Killerminze«. Bestimmt gab es diese Sorte nur im Jenseits.

»Hier ist es ja, das dumme Ding.« Harold hatte gefunden was er suchte: das kleine schwarze Gerät, das er ständig bei sich trug und das einem Smartphone täuschend ähnlich sah. Aufgeregt drückte er den Power-Button des Seelen-Messengers. Eine kurze Melodie ertönte, als er eines der Symbole antippte, um ein Programm zu starten. »Das hier ist die Liste mit den nächsten Todesfällen. Soll heißen, dass die Personen demnächst das Zeitliche segnen, ganz ohne mein Zutun. Ich muss bloß dafür sorgen, dass sie im Jenseits landen.«

»Hmm.« Otto kniff die Augen zusammen.

»Otto.« Harold sah ihn direkt an. Aus irgendeinem Grund verdeckte er mit seiner knochigen Hand das Display, sodass Otto nichts erkennen konnte. »Ich weiß selbst nicht, was das zu bedeuten hat. Bitte glaub mir, ich habe nichts damit zu tun.«

»Jetzt zeig schon her.« Otto streckte seine Hand nach dem Seelen-Messenger aus. Seufzend gab Harold ihm das Gerät.

Wie vom Donner gerührt starrte Otto das Display an, auf dem zwei Namen zu lesen waren. Die Buchstaben verschwammen vor seinen Augen.

Vor lauter Schreck ließ Otto das Handy fallen. Ihm wurde schlecht. »W…was heißt das?«, murmelte er, obwohl ihm bereits dämmerte, dass das nicht gut war. Ganz und gar nicht gut. »Kannst du … unsere Namen da nicht einfach rauslöschen?«

Harold seufzte, dann schüttelte er den Kopf. »Wie ich schon sagte, was das Sterben betrifft: Darauf haben wir keinen Einfluss. Ebenso wenig wissen wir, wie der- oder diejenige auf unserer Liste ums Leben kommen wird. Wir wissen bloß, dass es geschehen wird.«

Otto schluckte.

Bleu. Das musste Bleus Werk sein. Bedeutete das,

dass Bleu schon an einem Plan feilte, um Otto und Emily um die Ecke zu bringen? Dass ihm der Plan gelingen würde?

»Aber die Zukunft … ist noch nicht geschrieben, oder?«, flehte Otto und kam sich vor, als würde er einen Science-Fiction-Film zitieren.

Harold überlegte. »Ja und nein«, antwortete er dann. »Sieh es so: Alle anderen Menschen, die auf meiner Liste erscheinen, haben keine Ahnung von ihrem Ableben. Wie auch?« Er lächelte dünn. »Aber nun, da ihr wisst, was euch droht, bleibt euch eine Chance.«

Otto kratzte sich am Kopf. Langsam wurde ihm die Sache zu kompliziert. »Aber kann ich denn Dinge verhindern, die schon feststehen?«, erkundigte er sich. »Wie kann ich wissen, wann und wie Bleu zuschlägt? Gibt es denn so etwas wie Schicksal überhaupt?«

Harold hob die Schultern. »Ich hab keine Ahnung. Bis jetzt hat die Liste jedes Mal gestimmt.«

»Na toll«, murmelte Otto. Das klang nicht sonderlich ermutigend. Er griff nach dem kleinen Knochen um seinen Hals. Wie sollte er aus diesem Schlamassel nur wieder herauskommen?

Wo steckt Emily?

In der Nacht tat Otto kaum ein Auge zu. Er lag im Bett und starrte aus dem Dachfenster, während sich seine Gedanken im Kreis drehten. Immer wieder kehrten sie zu der Nachricht auf Harolds Seelen-Messenger zurück. Ottos und Emilys Namen auf der Todesliste.

An dem Tag, an dem er bei Tante Sharon eingezogen war, hatte er festgestellt, dass er eine übernatürliche Gabe besaß. Und obwohl sie ihm zunächst unheimlich erschienen waren, hatte er es schon bald cool gefunden, Geister sehen zu können. Warum er diese Fähigkeit hatte, wusste Otto nicht. Zufall? Lag es in seinen Genen? Hatten seine Eltern davon gewusst?

Heute empfand er seine Gabe zum ersten Mal als Fluch. Waren es nicht seine Fähigkeiten, die ihn in dieses Desaster erst hineingeritten hatten? Was, wenn

Emily und er tatsächlich in Lebensgefahr gerieten? Was, wenn das, was in Harolds Liste stand, stimmte?

Im Morgengrauen kroch Otto aus dem Bett und öffnete den Kleiderschrank. Vincent hielt ihm bereits den Kleiderbügel mit seinem schwarzweiß geringelten Lieblingsshirt entgegen.

»Hier«, sagte er und blickte freundlich zu Otto auf. »Ich habe heute extra nicht im Ärmel geschlafen, damit du keine Fledermaushaare auf dem Stoff kleben hast. Und die Motten hab ich auch verscheucht.«

»Morgen, Vincent.« Otto runzelte die Stirn. »Warum bist du heute so nett?«, erkundigte er sich. Das letzte Mal hatte sich Vincent so freundlich benommen, als Otto von dieser widerlichen Magen-Darm-Grippe geplagt worden war und so käsig und dünn ausgesehen hatte, dass man ihn glatt mit Bert hätte verwechseln können.

Hatte Vincent Mitleid mit ihm? Er musste das Gespräch zwischen Harold und Otto gestern Nacht belauscht haben. Otto musterte sein Haustier mit skeptischem Blick.

»Du … du darfst nicht ins Jenseits wandern, Otto«, brach es plötzlich aus Vincent heraus. Erst tat er so, als hätte er etwas im Auge, doch dann fing er an zu heulen wie ein Schlosshund. »Wessen Hausfledermaus soll ich denn sonst sein? Ich habe gehört, dass im Tierheim furchtbar miese Zustände herrschen.« Er flog auf Ottos Schulter, schmiegte sich liebevoll an sein Schlüsselbein und wischte sich die Tränen in den Flügel. »Käfighaltung. Und bestimmt gibt's da auch keine Fliegen zu essen. Nur Katzenfutter aus Dosen. Bäh! Widerlich!«

Außerdem würde eine durchgeknallte Fledermaus vermutlich niemand adoptieren wollen, fügte Otto in Gedanken hinzu. Vincent war für die meisten Kinder bestimmt nicht süß genug. Abgesehen von seinen täglichen Frechheiten verhielt sich seine Gemütslage unbeständiger als das englische Wetter. War er gestern noch mutig und unverdrossen gewesen, was Bleu betraf, gingen heute die Nerven mit ihm durch.

»Beruhig dich doch.« Otto streichelte Vincent über den Kopf, dann setzte er ihn behutsam aufs Bücherregal und stopfte die Bücher für den heutigen Schultag in seinen Ranzen. »Ich habe nicht vor, mich in ein Gurkenglas stecken und auf ein Förderband stellen zu lassen«, versicherte er ihm. »Heute in der Schule werde ich Emily warnen und wir werden in nächster Zeit einen großen Bogen um Scaryland machen.«

Das schien Vincent nicht wirklich zu beruhigen. Nervös tapste er zwischen zwei Büchern auf und ab und fuhr sich mit einer Kralle durch das Fell auf seinem Kopf. »Steig zu niemandem ins Auto. Und sprich mit niemandem, den du nicht kennst«, schärfte ihm

Vincent ein. »Oder besser noch: Sprich mit keinem Erwachsenen.«

»Schließt das auch Lehrer mit ein?« Otto nahm die Fledermaus in seine Hand und setzte sie in die Vordertasche seines Ranzens. Er musste unwillkürlich grinsen, als er die Zimmertür hinter sich schloss. »Könnte sein, dass Mr Walker ein Problem damit hat.«

In der Küche drückte ihm Tante Sharon einen Kuss auf die Wange und steckte ihm einen Fünf-Pfund-Schein zu. »Wie nett von dir, dass du mir gestern mit der Uhr geholfen hast«, flüsterte sie in sein Ohr und drückte ihn fest an sich. »Ich hab dich lieb, Otto. Pass gut auf dich auf.«

Die Worte echoten in Ottos Kopf. Wie würde es Tante Sharon ergehen, falls ihm etwas zustieß? Der Gedanke schnürte ihm die Kehle zu und er schob ihn schnell beiseite. So weit würde es nicht kommen.

»Klar, mach ich.« Otto zwang sich zu einem Lächeln. Tante Sharon sollte nicht merken, was ihn bedrückte. Sie würde ihm diesmal nicht helfen können.

Anders sah die Sache bei Emily aus. Emily musste unbedingt Bescheid wissen. Nur zusammen konnten sie einen Plan schmieden und das Schlimmste verhindern. Otto musste sie über Harolds Warnung informieren – und zwar schnell.

Er ging durch den Garten, um Tante Sharons klappriges altes Fahrrad aus dem Schuppen zu holen. Normalerweise ging er lieber zu Fuß zur Schule – immerhin konnte man sich mit so einem Gefährt ganz schnell zum Gespött der Mitschüler machen. Es klebten sogar noch einige alte Anti-Atomkraft-Aufkleber aus den Achtzigern darauf.

Heute war ihm das egal. Er brauchte ausreichend Zeit, um Emily noch vor der ersten Stunde abzufangen. Sie musste auf sich aufpassen. Und auf keinen Fall durfte sie einen Fuß nach Scaryland setzen.

Vor der Sigmund-Schwefelkopf-Schule ließ Otto das alte Fahrrad ins Gras fallen und sprintete durch die Aula. Emily war immer sehr pünktlich und morgens meistens als Erste im Klassenzimmer. Bestimmt saß sie bereits in ihrer Bank und checkte ihre Hausaufgaben.

»Hey, Geisterjäger!«, rief eine Stimme hinter Ottos Rücken, als er das Klassenzimmer betrat. Stan klopfte ihm auf die Schulter. »Und? Ist dein Hausgeist wieder aufgetaucht?«, feixte er und offenbarte seinen abgebrochenen Schneidezahn, den er bei einer Prügelei davongetragen hatte. »Oder bist du immer noch von allen guten Geistern verlassen?«

»Sehr witzig, Stan«, murmelte Otto. Er ließ seinen Blick durch den Raum schweifen. In der hintersten Bank saß nur Alice, die auf ihrem pinkfarbenen Handy herumtippte. Emilys Platz war leer.

Vielleicht war Stan ja ausnahmsweise mal zu etwas nütze. »Hör mal, ich suche Emily«, sagte Otto zu ihm. »Seid ihr nicht Nachbarn?« Wenn er sich recht erinnerte, wohnte Stan in einem ziemlich winzigen Reihenhaus in der Kürbisgasse Nummer vierzehn. In Stans Garten gab es einen jahrhundertealten Kirschbaum, dessen faulige Kirschen Stan gern eingesammelt und rüber zu Emily geworfen hatte, um sie zu ärgern. Irgendwann hatte es Emily gereicht und sie hatte beschlossen, aus den Kirschen einen Kuchen zu backen und ihn Stan zu schenken.

Während des Sportunterrichts war Stan richtig schlecht geworden und er hatte sich in der Jungstoilette übergeben. Seitdem ließ er Emily in Ruhe. Vielleicht hatte er ein bisschen Angst vor ihr, auch wenn er das natürlich nie zugeben würde.

»Pah. Emily mit dem irren Blick?« Stan lachte fies. »Keine Ahnung, wo die steckt. Auf dem Weg hierher hab ich sie nicht gesehen. Vielleicht hat sie verschlafen und wird von ihren Eltern in die Schule gefahren? Oder sie ist krank.« Er kicherte. »Zu viele Kirschkerne geschluckt.«

Stan schien recht zu behalten, zumindest was die Sache mit der Krankheit anging. Als es zur Stunde läutete, fehlte von Emily noch immer jede Spur.

Mr Walker ging die Anwesenheitsliste durch. »Emily

fehlt, nicht wahr?«, fragte er die Klasse und kratzte sich dabei am Kopf. »Weiß jemand, wo sie steckt? Otto?«

»Ich … ich weiß es nicht«, murmelte Otto. Es konnte natürlich auch ein dummer Zufall sein, dass sie ausgerechnet heute zu Hause blieb. Oder … kam Otto bereits zu spät? War Emily schon etwas zugestoßen?

Nein, daran wollte Otto nicht denken.

»Ist sie krank?«, hakte Mr Walker nach.

Otto hob die Schultern.

»Merkwürdig«, murmelte Walker. »Emilys Eltern rufen für gewöhnlich vor der ersten Stunde an, um ihre Tochter zu entschuldigen.« Dann klappte er das Klassenbuch zu und blickte in die Klasse. »Wie auch immer. Wer wiederholt für uns die letzte Stunde? Stan?«

Damit war das Thema Emily beendet. Am liebsten wäre Otto nach draußen in den Flur gelaufen, um sie auf ihrem Handy anzurufen. Doch weil er Mr Walker nach dem Vorfall in Scaryland nicht noch mehr verärgern wollte, wartete Otto bis zur Pause, zog sein altes Handy aus dem Ranzen und tippte eine SMS.

Wo steckst du? Muss dringend mit dir reden.

Emilys Antwort ließ auf sich warten. Während der dritten, vierten und fünften Stunde sah Otto immer wieder auf seinem Handy nach. Mr Schreiber, der Deutschlehrer, hätte ihm das Ding beinahe abgenommen. Doch es kam kein Lebenszeichen von Emily.

Mittags vor der Sportstunde hatte Otto schließlich eine Idee. Wenn die Technik versagte, würde er es auf die herkömmliche Art versuchen. Mit der Post.

Er ging aufs Jungsklo, vergewisserte sich, dass er alleine war, und schloss sich in eine der Kabinen ein. »Vincent?« Er öffnete seinen Schulranzen und lugte hinein. »Ich brauche deine Hilfe. Es ist ziemlich wichtig.«

»Ja, was kann ich tun?« Sofort war Vincent zur Stelle, kroch aus dem Ranzen und segelte auf den Klopapierrollenhalter. So eine Einsatzbereitschaft kam nicht gerade oft vor. Ottos Haustier musste wirklich besorgt sein.

»Hier.« Otto rollte ein Stück Papier zusammen, auf das er hastig eine Notiz gekritzelt hatte. Dann band er einen Faden darum und knotete es Vincent um den Fuß. »Flieg zu Emily und bring ihr die Nachricht, ja?«

Vincent starrte Otto an, als hätte er den Verstand verloren. »Bin ich eine verdammte Brieftaube, oder was? Ich bin eine Fledermaus!« Entsetzt hob Vincent den Fuß und betastete das Stück Faden mit dem Zettel. »Das sieht total dämlich aus.«

»Komm schon«, bat Otto. Es geht … um Leben und Tod.«

»Ja, ja. Ich flieg ja schon.«

»Danke.« Otto öffnete das kleine Fenster über dem Waschbecken und setzte Vincent auf die Fensterbank. »Wir treffen uns nach der Sportstunde draußen auf dem Schulhof.«

Vincent salutierte. »Aye, aye, Captain!«

* * *

Der Turnunterricht zog sich wie Kaugummi. Sport an sich fand Otto schon grauenvoll genug – aber bei dem alten Mr Foster war es die reinste Folter! Mr Foster war früher Ausbilder bei der Armee gewesen und bekannt dafür, dass er keine Ausreden gelten ließ.

Heute hasste Otto Sport mehr denn je. Während Mr Foster die Klasse zum Zirkeltraining zwang, blickte Otto immer wieder zu den schrägen Dachfenstern der Turnhalle, auf der Suche nach Vincent. Doch mehr als zwei weiße Tauben, die ihr Geschäft verrichteten, gab es dort nicht zu sehen. Vincent ließ sich Zeit. Und Otto wusste nicht, ob das ein gutes Zeichen war.

Die Sportstunde war bereits seit einer halben Stunde vorüber, als Vincent endlich über den Dächern der Sigmund-Schwefelkopf-Schule auftauchte. Er flatterte in Ottos Richtung und landete japsend auf dem Fahrradständer.

»Tut … tut mir leid, dass es so lange gedauert hat.« Vincent hielt sich den Bauch und pustete Luft aus. »Bis zur Kürbisgasse hatte ich furchtbaren Gegenwind. Ich dachte schon, ich flöge rückwärts – «

»Vince«, bremste ihn Otto. »Hast du Emily den Brief gegeben?«

Vincent schüttelte den Kopf. »Sorry, aber Emily ist nicht zu Hause. Ihr Zimmer war leer. Aber das Fenster war einen Spalt offen, also hab ich ihr deinen Brief ganz einfach aufs Bett gelegt – «

»Sie war nicht zu Hause?«, unterbrach Otto ihn. Seine Schläfen pochten. Das war genau die Antwort, die Otto nicht hatte hören wollen. Wenn Emily sich weder zu Hause noch in der Schule aufhielt, wo steckte sie dann? Es war überhaupt nicht ihre Art, einfach zu verschwinden.

Otto wurde ganz übel und der Schulhof begann sich zu drehen. War es etwa zu spät, Emily zu warnen? Befand sie sich in Gefahr?

»Wir müssen los, Vincent.« Kurzerhand schnappte sich Otto die Fledermaus und setzte sie in den Einkaufskorb, der auf dem Lenker von Tante Sharons altem Fahrrad befestigt war. »Halt dich gut fest.«

Bis zum Kürbisweg dauerte es keine fünfzehn Minuten. Am Bürgersteig vor Emilys Haus stellte er das Fahrrad ab und versteckte Vincent in seiner Jackentasche. Da das Gartentor abgeschlossen war, kletterte er über den weißen Zaun und eilte über den gemähten Rasen bis zur Haustür. Hinter der Küchengardine bewegte sich etwas. Emilys Mutter schien gerade am Herd zu stehen und zu kochen.

»Und?«, fragte Vincent, als Otto schon den Finger auf die Klingel legen wollte. »Hast du dir eigentlich schon überlegt, was du Emilys Mum erzählen willst?«

Verunsichert ließ Otto den Finger sinken. Sollte er ihren Eltern freiheraus mitteilen, dass Emily heute nicht in der Schule aufgetaucht war und er fürchtete, dass sie entführt worden war?

Wie Emilys Eltern wohl reagieren würden? Sicher würden sie bei Tante Sharon anrufen. Und schließlich würde Otto von seinem Verdacht, was Mr Bleu betraf, erzählen müssen.

Was, wenn Emilys Eltern Otto die Schuld am Verschwinden ihrer Tochter geben würden? Womöglich würden sie Emily den Umgang mit Otto verbieten, wenn sie wieder auftauchte. Emily war doch seine beste Freundin!

»Vielleicht ist es besser, ich komme später wieder«, murmelte Otto schließlich und machte einen Schritt zurück in den Garten. »Ich frage lieber erst Harold, ob er eine Idee hat.« Ihm kam ein Gedanke. »Und wer weiß, vielleicht sitzt Emily ja in meinem Zimmer und wartet auf mich.«

Während der Fahrt zurück in den Radieschenweg klammerte sich Otto an diesen letzten Strohhalm. Doch auch diesmal hatte er kein Glück. Sein Zimmer sah genauso aus, wie er es am Morgen verlassen hatte.

Bis auf …

»Mensch, Otto.« Vincent bibberte in Ottos Jackentasche. »Ist das kalt hier drinnen! Hast du das Fenster offen stehen lassen?«

Otto überlegte und sah sich um. »Nicht, dass ich wüsste … Huch! Was zum Geier ist denn hier passiert?«

Jemand hatte ein faustgroßes Loch in eine der beiden Dachfensterscheiben geschlagen. Die scharfen Glassplitter lagen verstreut auf Ottos Teppichboden und ein eisiger Wind blies durchs Zimmer. Otto musste aufpassen, wo er hintrat.

»Ach du matschige Moosbeere!«, fluchte Vincent. »Otto, jemand ist in dein Zimmer eingebrochen.«

Otto kniff die Augen zusammen. Er studierte die Ecken seines Zimmers eingehend: die Fotos seiner Eltern auf der Kommode, das Miniaturskelett eines Tyrannosaurus Rex auf dem Wandregal, der Bücherstapel auf seinem Nachttisch. Alles stand an seinem Platz. Was gab es hier auch groß zu klauen? Teure Konsolen und einen neuen Laptop würden die Diebe hier vergebens suchen.

»Es ist noch alles da.« Trotzdem … irgendwas stimmte hier nicht. Otto musste nicht lange suchen. Unter dem kaputten Fenster lag ein Gegenstand, der nicht hierhergehörte. Jemand musste ihn durch die geschlossene Fensterscheibe geworfen haben.

Es war eine massive Steinfigur in Form eines Gespenstes, so wie es sie im Souvenirladen von Scaryland zu kaufen gab. Umwickelt hatte man sie mit einem Brief.

Entführt!

Otto,

ich schreibe diesen Briev im Auftrag von meinem Boss Mr Bleu, da dieser sich gerade mit dieser wiederlichen Göhre Emily plagen muss. Du kleiner Bengel hasst ihm nähmlich einen Geist aus der Festung der Finsternies geklaut! Und dafür haben wir uns heute deine Emily geschnabbt. Wenn du sie wieder sehen willst, bring mir Tony als Gegenleistung und ihr wird nichts paßieren. Keine Eltern, keine Politzei, keine Tricks – oder du wirst deine Freundin mit den bunten Augen zum letzten Mal gesehen haben! Denn sonst spuckt

sie bald als Geisterprintzesin im Turm der Festung.
Die Übergabe findet morgen um Mitternacht direckt vor dem Eingang zur Festung statt.

Mr Donahue
Persöhnlicher Assistent von Mr Bleu

»Ach du stinkender Maulwurfshügel!« Vincent schlug sich mit einem Fledermausflügel auf die Stirn. »Ich fasse es nicht. Dieser Blödmann Bleu hat sich Emily geschnappt. Und nun wissen wir auch, wer Mr Donahue ist, der deine Tante zweimal besucht hat. Bleus Handlanger.«

Erstarrt vor Schock sank Otto zu Boden und versuchte durchzuatmen. Bleu forderte also Sir Tony für Emilys Leben und bat ihn zur geheimen Übergabe in Scaryland. Ohne Polizei. Ohne Eltern. Ohne Tricks. Otto wurde das alles langsam zu viel.

Jetzt gab es nur eines, was er tun konnte. Eilig tastete er die Dielenbretter ab, fand die geheime Klappe und begann, sie hochzustemmen.

»Was hast du vor?«, erkundigte sich Vincent.

»Ich klettere in Onkel Archibalds Kammer, siehst du doch! Es ist Zeit für eine Krisensitzung mit Sir Tony und Molly«, zischte Otto und wedelte den Staub beiseite, der aus der Kammer aufwirbelte. »Sofort.«

Unten in der Kammer wurden die beiden bereits von Molly erwartet. Mit gekrümmtem Rücken hockte sie auf Onkel Archibalds Globus und drehte sich um die eigene Achse. Sie schien immer noch todunglücklich über Berts Verschwinden zu sein.

»Otto!« Molly entdeckte ihn erst, als er die alte Stehlampe anknipste. Ihre Zöpfe hatten sich beinahe aufgelöst und ihr Blick schien müde. »Gibt's was Neues von Bert?«

Otto biss sich auf die Lippen. »Ich fürchte, ich habe schlechte Neuigkeiten«, gab er zu.

Molly blieb für einen Moment die Spucke weg. Mit großen Augen sah sie Otto an. »Soll das heißen, er ist – «

»Du liebe Güte, Molly«, fuhr Sir Tony dazwischen, der hinter Otto aufgetaucht war. Er hockte auf seinem Lieblingsplatz, der letzten Sprosse der Bücherleiter. »Was soll Bert denn schon passiert sein? Er ist doch schon tot.«

Das schien Molly einzuleuchten. »Auch wieder wahr.« Sie seufzte. »Aber ich vermisse ihn trotzdem. Was sind nun die schlechten Neuigkeiten, Otto?«

Wortlos breitete Otto den Brief von Bleus persönlichem Assistenten auf Onkel Archibalds Schreibtisch aus. Die beiden Geister schwebten zu ihm herüber und studierten das Stück Papier.

»Er will mich?! Mich? MICH?« Vor Aufregung blähten sich Sir Tonys Wangen. »Ich gehe nie und nimmer zurück in die Festung!« Resolut verschränkte er die Arme. »Ich hab keine Lust, als Ausstellungsstück zu enden. Nur über meine Leiche!«

»Aber was wird dann aus Emily?«, rief Molly entrüstet und stemmte die Arme in die Hüften. »Hast du denn gar kein Mitgefühl? Sie ist doch noch ein Kind.«

»Doch! Natürlich ist mir Emily nicht egal. Wir müssen eine andere Lösung finden, um sie zu retten. Wir brauchen einen Plan.« Sir Tony rieb sich die Stirn, auf der eine dicke Ader hervortrat. »Lasst mich nachdenken.«

»Dann gib mal lieber Gas, Dickerchen. Morgen um Mitternacht muss der Plan fertig sein«, warf Vincent ein, der auf einem der Regale auf und ab lief und dicke Staubflusen vor sich her kickte. »Denn dann muss Otto nach Scaryland zur geheimen Übergabe fahren.«

»Also ich finde nicht, dass Otto ganz alleine nach Scaryland gehen sollte«, meinte Molly. »Denkt an die Todesliste! Immerhin stand Ottos Name auch darauf. Bestimmt ist die Übergabe nichts weiter als eine fiese Falle. Dieser Bleu will Emily und Otto abmurksen!«

»Die verrückte Geisterbraut hat gar nicht mal so un-

recht«, überlegte Vincent. »Besser, du hältst dich von der Festung fern, Otto.«

Otto fuhr herum. »Auf keinen Fall! Ich lasse Emily nicht im Stich!« Er überlegte angestrengt und massierte sich die Schläfen. Es musste doch eine Lösung geben. Einen Plan, wie sie Emily sicher nach Hause holen konnten, ohne Tony zu verlieren.

»Was ist, wenn wir die Übergabe nur vortäuschen?«, schlug Otto schließlich vor. »Wenn wir Bleu im Glauben lassen, dass wir ihm Sir Tony bringen, der aber in Wirklichkeit sicher hier in der geheimen Kammer sitzt.«

»Otto!« Molly hob eine Braue. »Hast du nicht erst neulich den Verdacht geäußert, dass dieser Bleu so wie du Geister sehen kann? Er würde doch sofort erkennen, dass du versuchst, ihn auszutricksen.«

»Da hast du recht«, gab Otto zu. »Aber es könnte sein, dass ich mich geirrt habe. Und wenn Bleu keine Geister sehen kann, dann klappt der Plan. Ich weiß, es ist ein großes Risiko.«

Molly stutzte. »Ich finde, das ist viel zu gefährlich.«

»Aber wir haben keine andere Wahl.« Otto hob die Schultern. »Emily muss bis morgen zurück sein. Heute kann ich ihren Eltern weismachen, dass sie bei mir übernachtet. Das sollte sie vorerst davon abhalten, zur Polizei zu gehen.«

Vincent nickte. »Ich finde deine Idee gut«, lobte er.

»Hast du vielleicht auch einen Plan, was Berts Rettung und die der anderen geklauten Geister betrifft?«

Uff. Beinahe hätte Otto vergessen, dass Emilys Rettung längst nicht das einzige Problem war, das er lösen musste. Immerhin saßen Dutzende Geister unfreiwillig in der mit Aluminium ausgekleideten Festung fest. Inklusive Bert. Otto hatte den Geistern versprochen, dass er ihnen helfen würde.

»Hmm, das wird schwierig«, gab Otto zu. »Das Tor zur Festung ist bestimmt rund um die Uhr bewacht. Ich wüsste nicht, wie wir die vielen Geister da rausholen sollten, ohne dass Bleu was mitkriegt.«

Das wollte Vincent nicht gelten lassen. »Denk nach, Otto! Immerhin bist du neben deiner Freundin Emily so ziemlich das schlaueste Köpfchen der Sigmund-Schwefelkopf-Schule.« Er schnaubte. »Sigmund Schwefelkopf. Was ist das eigentlich für ein bescheuerter Name? Wer war der Typ noch mal?«

»Unsere Schule ist nach einem durchgeknallten Wissenschaftler benannt«, murmelte Otto gedankenverloren und marschierte nervös auf und ab. »Schwefelkopf hat jahrelang mit Sprengstoff experimentiert und eine Substanz namens Knall-O-Mit erfunden. Angeblich ist sie zehnmal stärker als Dynamit. Er wäre damit sicher stinkreich geworden, aber leider hat er sich vorher unabsichtlich selbst in die Luft gejagt.«

»Tragisch«, fand Vincent.

»Die Überreste des Labors gibt es noch. Man kann sie bei einer Führung durch die Kellergewölbe der Schule besichtigen. In dem Raum lagert eine ganze Menge von diesem Knall-O-Mit. Stan sagt immer, dass er in den Ferien mal da einbrechen und die Schule in die Luft jagen will.« Otto hielt inne. »Moment mal. Das ist es!«

Sir Tony runzelte die Stirn. »Du willst die Schule in die Luft jagen?«, staunte er. »Also ich weiß nicht. Dafür kommst du bestimmt in den Knast. Keine so gute Idee.«

»Doch nicht die Schule, du Dummerchen«, korrigierte Otto ihn und Molly kicherte. »Ich spreche von der Festung der Finsternis. Wir zerstören das Mauerwerk. Dann können alle Geister in die Freiheit gelangen.«

Vincent überlegte. »Das klingt echt gefährlich«, warf er ein. »Du bist außerdem noch viel zu jung, um mit solchen Substanzen herumzuspielen.«

»Wir brauchen doch nur ein klitzekleines bisschen«, versicherte ihm Otto. »Bloß genug, um ein Loch in die Wand zu sprengen. Außerdem könnte ich Harold bitten, mir zu helfen. Er ist doch alt genug.«

»Und außerdem ein Skelett. Ihm kann nichts mehr passieren«, warf Sir Tony ein. »Harold könnte die Geister befreien, während du die Übergabe mit dem leeren Staubsaugerbeutel durchführst.«

»Was sagst du dazu?«, fragte Otto Molly.

»Irre riskant«, antwortete Molly und legte die Stirn in Falten.

»Also ich finde die Idee vorzüglich«, widersprach Sir Tony und lehnte sich zurück.

Molly warf ihm einen finsteren Blick zu. »Du findest sie doch bloß gut, weil du sicher hier im Warmen hockst, während Otto die ganze Arbeit erledigt.«

»Das ist eine infame Unterstellung«, verteidigte sich Sir Tony entrüstet.

»Genug jetzt«, unterbrach Otto die beiden. »Der Plan steht. Sobald es Nacht wird und Harold auftaucht, werde ich ihn einweihen. Alles klar?«

Molly, Sir Tony und Vincent nickten einvernehmlich. Der Plan klang waghalsig. Aber immerhin ging es um Emily. Ottos beste Freundin war jedes Risiko wert.

* * *

»Moooment mal!« Vor Erstaunen hätte Harold beinahe eins der Gurkengläser auf Tante Sharons Parkett fallen lassen. »Du willst, dass ich … ein Loch in die Festung der Finsternis sprenge? Mit diesem Knall-O-wie bitte?«

»Knall-O-Mit«, verbesserte Otto flüsternd. »Geht es auch ein wenig leiser, Harold?« Otto half ihm mit den Gurkengläsern. Er wollte um jeden Preis vermeiden, dass Tante Sharon wieder von dem Lärm aufwachte. Die Sachlage war schon schwierig genug.

»Ja, ja, schon gut.« Harold stellte das letzte Glas aufs Förderband und drückte den Knopf für die Quittung. »Angenommen ich würde dir helfen. Wo bitte soll ich das Zeug herbekommen? Es ist ja nicht so, dass man Sprengstoff einfach im Supermarkt kaufen kann.«

»Aus meiner Schule natürlich«, flüsterte Otto. Er hatte sich nach der Krisensitzung genau überlegt, wie sie vorgehen würden. »Ich habe dir schon einen Lageplan von Sigmund Schwefelkopfs Labor gezeichnet. Es liegt im Keller, gleich neben dem Geräteraum. Alles, was du tun musst, ist ein oder zwei Stangen Knall-O-Mit zu klauen. Genug, um den Geistern einen Fluchtweg freizusprengen.«

Müde ließ sich Harold in den Ohrensessel neben der Pendeluhr fallen. »Und du hast mich ausgesucht, weil ich mich unsichtbar machen kann, nicht wahr?«

Otto nickte. »Komm schon, Harold«, bat Otto. »Ich kümmere mich um Emilys Befreiung, während du die Geister rettest. Alleine schaffe ich das nicht. Du hast den Erpresserbrief doch gelesen.«

Harold schnaubte empört. »Dieser Bleu hat echt

nicht alle Tassen im Schrank. Geisterkidnapping. Und Kindesentführung.«

»Allerdings!« Otto seufzte tief. »Der Typ macht mir echt Angst. Und außerdem wissen wir jetzt sicher, dass er einen Komplizen hat, diesen persönlichen Assistenten mit der Rechtschreibschwäche. Wie soll ich nur gegen beide ankommen?«

Harold tätschelte Ottos Schulter. Seine knochige Hand fühlte sich komisch an. »Ach Quatsch. Wäre ich Bleu, hätte ich vor *dir* Angst. Du bist viel cleverer als er.« Er lächelte. »Außerdem bist du nicht allein. Wir sind doch ein tolles Team.«

Harolds Worte machten Otto wieder etwas Mut. Ein Team. Das hörte sich gut an. Emilys eigenes Rettungsteam. Bleu und sein Assistent konnten sich schon mal warm anziehen!

Diebstahl von Schuleigentum

Zum Glück schluckten Emilys Eltern Ottos Lüge, dass Emily zwei Nächte in Folge bei Otto im Radieschenweg verbringen wollte. Das war gar nicht so schwierig gewesen, wie Otto befürchtet hatte. Emilys Vater hatte sich zwar ein wenig gewundert, dass Emily nicht selbst anrief, aber als Otto ihm erklärt hatte, Emily helfe Tante Sharon gerade beim Kuchenbacken, hatte er nicht weiter nachgefragt.

Der Tag vor der Übergabe verging für Otto viel zu langsam. Beim Anziehen, beim Zähneputzen, beim Frühstück und während des ganzen Schultags plagte ihn die Frage, ob der Plan, Emily gegen einen leeren Staubsaugerbeutel einzutauschen, aufgehen würde.

Was, wenn Bleu tatsächlich Geister sehen konnte und sofort dahinterkam? Würde Otto für den Trick mit seinem Leben bezahlen müssen? Das würde sich wiederum mit Harolds Prophezeiung decken.

»Waaah«, machte Otto und raufte sich die Haare, während er in seinem Zimmer auf und ab schritt. Langsam wurde es dunkel und die Stunden bis Mitternacht flossen dahin. Grübeln half jetzt auch nicht weiter. Der Plan würde funktionieren. Er *musste* funktionieren.

Immerhin hatte er Harold an seiner Seite. In diesem Moment sollte er dabei sein, Sigmund Schwefelkopfs Versuchslabor im Keller der Schule zu finden. In einem der Schränke lagerten noch etliche Stangen Knall-O-Mit – zweifelsohne gut gesichert und doppelt abgeriegelt. Zumindest wenn man den Worten von Ottos Physiklehrer Dr. Parker glaubte. Andererseits war Harold ein Sensenmann. Verschlossene Türen und Schränke stellten für ihn kein großes Problem dar.

»Jetzt bleib doch mal stehen«, meckerte Vincent auf der Gardinenstange. »Meine Güte, Otto, du bist ja aufgedrehter als Tante Sharon beim Frühjahrsputz.«

Vincent hatte gut lachen. Sein Name war nicht der, der auf der Todesliste erschienen war.

»Jetzt ist nicht die richtige Zeit für Witze«, brummte Otto und beäugte seinen gestreiften Rucksack, der auf seinem Bett lag. »Sag mir lieber, was ich alles mitnehmen soll. Was braucht man für eine geheime Übergabe mit einem Ganoven?« Er kratzte sich am Kopf. »Ich habe hier eine Taschenlampe und Tante Sharons Schweizer Taschenmesser. Und natürlich mein Handy.«

Vincent schien unschlüssig. »Klingt wie die Ausrüstung für einen Campingtrip.«

Otto seufzte und vergrub den Kopf in seinen Händen. »Ich weiß, ich weiß. Ich bekomme immer mehr das Gefühl, dass ich keinen Schimmer habe, was ich hier eigentlich tue. Ich bin doch nicht mal halb so groß wie Bleu. Was soll ich schon gegen ihn ausrichten?«

»Mann, Otto, jetzt ist nicht die richtige Zeit, um die Nerven zu verlieren«, ermahnte ihn Vincent. »Emily würde das Gleiche für dich tun, nicht wahr?«

Zur Abwechslung quasselte die Fledermaus diesmal keinen Stumpfsinn. Wenn es um waghalsige Unternehmungen ging, war Emily immer als Erste dabei. Otto hingegen genügte es meist, Abenteuergeschichten in Büchern zu lesen. Und nun befand er sich plötzlich mittendrin.

»Du hast recht. Also los.« Otto streifte einen schwarzen Rollkragenpullover über und zog seine Jacke an. Dann schulterte er seinen Rucksack und klemmte sich zum Schluss noch einen leeren Staubsaugerbeutel des Staub-O-Mats unter den Arm. »Wir treffen Harold in einer halben Stunde am Tor von Scaryland.«

* * *

Sich nachts aus der Villa zu schleichen hatte überraschend gut geklappt. Um Tante Sharon nicht aufzuwecken, war Otto aus dem Fenster geklettert. Er hatte sich an der Regenrinne festgehalten und sich von dem schmalen Fenstersims aus zu dem morschen Efeugitter weitergehangelt. Vincent hatte jeden Fußtritt dirigiert und immer wieder lautstark »Nicht runtersehen! Auf keeeinen Fall runtersehen«, gegrölt, was Otto zusätzlich beunruhigt hatte. Mit mehr Glück als Verstand hatte er es dann aber doch geschafft, heil am Boden anzukommen.

Inzwischen hatte er Tante Sharons klappriges Fahrrad in eine dunkle Häuserschlucht geschoben und wartete vor dem Eingangstor von Scaryland auf Harold. Ein Windstoß trieb die verfärbten Blätter auf dem Vorplatz immer wieder im Kreis, während das Schild über dem Eingangstor quietschte, als müsste es dringend geölt werden.

Otto ließ sich auf die Bank vor dem leeren Kassenhäuschen fallen, wickelte seine Jacke fester um seine Brust und zog die Beine an. Viertel vor zwölf. Wo zum Geier blieb Harold?

»Dieser unnütze Sensenmann«, beschwerte sich Vincent, der auf dem Ast einer blattleeren Buche hockte und Ausschau hielt. Bis auf entfernten Straßenlärm war das Viertel völlig ausgestorben. Rund um den Park war keine Menschenseele zu sehen. »Man kann einfach keine Abmachung mit einem Kerl treffen, der es ständig verpennt, Seelen pünktlich einzusammeln«, fuhr Vincent fort.

Doch er irrte sich. Wenige Sekunden später durchschnitt ein ohrenbetäubendes Motorenbrummen die Stille, gefolgt von dem Geräusch eines explodierenden Auspuffs. Harolds Lieferwagen kam mit quietschenden Reifen vor Otto und Vincent zum Stillstand. Um ein Haar wäre er gegen die Buche gedonnert, auf der Vincent saß.

»Entschuldigt die Verspätung«, murmelte Harold, stieg aus und knallte die Fahrertür zu. »Ich musste auf dem Weg hierher noch schnell in der Pathologie des örtlichen Krankenhauses vorbei, um dort zwei Seelen einzusammeln.« Er deutete auf die Ladefläche, wo zwei Gurkengläser vor sich hin glommen. »Wie ihr wisst, ist heute Vollmond, das heißt, wenn ich die Seelen heute nicht abhole, bleiben sie hier. Und das bedeutet Abzug vom Gehalt. Und mehr Gespenster für eure Stadt.«

»Immer auf den letzten Drücker, ihr Sensenmänner«, schimpfte Vincent auf dem Ast. »Bestimmt hast du die beiden Termine einfach nur verpennt. Wäre ja nichts Neues.«

»Na hör mal, ich bin im Dienste des SBI und muss

mich auch um mein Tagesgeschäft kümmern.« Harold hob das Kinn. »Das Krankenhaus liegt am anderen Ende der Stadt. Von dort bis zur Sigmund-Schwefelkopf-Schule ist es eine halbe Weltreise.« Angewidert nickte er in Richtung seines Lieferwagens, aus dessen Motorhaube Dampf quoll. »Und ich fahre nun mal keinen Ferrari.«

»Das Knall-O-Mit!«, unterbrach Otto Vincents und Harolds Streiterei. »Hast du das Knall-O-Mit dabei?«

»Otto.« Harold grinste zufrieden. »Habe ich schon jemals etwas vergeigt?«

Vincent hob den Flügel und räusperte sich. »Also, äh –«

»Schnauze, Flugratte!« Harold öffnete seine Kutte und offenbarte mindestens hundert Stangen, die in den Innentaschen steckten. »Ich freue mich schon auf die Explosion.« Er simulierte mit seinen Armen eine hochgehende Bombe. »Kabumm! Ein Glück, dass ich schon seit fünfhundertzwanzig Jahren kein Trommelfell mehr besitze.«

»Sei bloß vorsichtig, Knochenmann«, mahnte Vincent. »Dieses Zeug ist hochexplosiv. Jede Wette, dass die Menge ausreicht, um ganz England von der Landkarte verschwinden zu lassen.« Er schüttelte den Kopf. »Pfff … jetzt entpuppt sich dieser Sensenmann auch noch als Pygmäe!«

»Das heißt Pyromane«, korrigierte Harold die Fledermaus. »Und nein, keine Sorge, ich werde verantwortungsvoll mit dem Zeug umgehen. Der Knall wird dir schon kein Loch in den Flügel brennen.«

Otto wandte sich Harold zu. »Vincent hat recht. Wir brauchen bloß eine kleine, tunnelartige Öffnung im Mauerwerk, durch die die Geister schweben können. Du musst aufpassen. Mr Parker hat gesagt, dass die Auswirkungen verheerend sein können. Und dass das Zeug bestialisch stinkt.«

»Ja, ja.« Harold warf einen Blick über Ottos Schulter. »Aber jetzt hör besser auf, dich mit Unsichtbaren zu unterhalten, Otto. Da kommt jemand, um dich abzuholen.«

Otto fuhr herum. Ein kleiner untersetzter Typ mit Glatze sperrte gerade das Tor neben den Kassen auf. Otto blinzelte. Kannte er den Kerl nicht irgendwoher?

»Hier lang, Junge!« Mit einer flapsigen Handbewegung bedeutete er Otto, aufs Gelände des Vergnügungsparks zu kommen. »Mein Chef erwartet dich bereits.« Als Otto näher kam, stellte sich der Mann auf die

Zehenspitzen und spähte über den Zaun. »Ich hoffe, du kommst alleine. Keine Eltern, keine Polizei.«

Jetzt fiel es Otto wieder ein. Das war doch Mr Donahue, T. E. oder E. T. oder wie auch immer er tatsächlich hieß. Mr Bleus persönlicher Assistent, der zweimal Tante Sharon besucht hatte, um ihre Hausgeister zu holen.

Wenn man Mr Donahue gegenüberstand, war er keine sonderlich beeindruckende Erscheinung. Er stellte sich ziemlich tollpatschig an, als er am Schloss des Eingangstors herumhantierte.

»Und? Hast du den Geist dabei?«, erkundigte sich Donahue, als er Otto und den unsichtbaren Harold einließ. Er führte sie durch den dunklen Park in Richtung der Festung.

Otto fröstelte. Der Vollmond warf sein fahles Licht auf die Hauptstraße. Die Buden waren mit Plastikplanen überzogen, während der Wind Pappbecher mit dem Scaryland-Logo über den Asphalt fegte.

Auch wenn Otto den Park tagsüber eher lächerlich fand – nachts hatten die dunklen Fratzen an den Gebäuden etwas Beängstigendes an sich.

»Na, hörst du schlecht?«, schnauzte Donahue und kratzte sich an der knolligen Nase. Seine freie Hand steckte in der Tasche seines grauen Mantels. Vielleicht hatte er eine Waffe. »Hast du den gestohlenen Geist nun dabei oder nicht?«

»Äh, ja natürlich.« Otto klopfte auf den Staubbeutel, den er unter seinem Arm trug. Dabei gab er sich Mühe, höflich zu lächeln. »Das stand doch in der Abmachung, nicht wahr?«

Donahue zog die Augenbrauen hoch. »Das will ich dir auch geraten haben. Wenn du irgendwelche Tricks versuchst, macht Bleu mit dir kurzen Prozess.«

Otto schluckte und wechselte einen kurzen Blick mit Harold. Dann folgte er Donahue, der weiter in Richtung der Festung dackelte. Bleus Assistent nahm nicht den überwachten Besuchereingang, durch den Otto und Emily damals Sir Tony geschmuggelt hatten, sondern stapfte um die Festung herum. Dieser Teil war offenbar nicht für Gäste bestimmt. Anstatt des Kieswegs gab es dort hohes Gras und Unkraut. Otto musste aufpassen, um nicht über Unebenheiten zu stolpern.

Schließlich blieb Donahue stehen und nestelte an seinem Schlüsselbund herum. Sie waren vor einem Eisengatter angelangt, an dem ein Schild mit der Aufschrift »Nur für Personal« hing.

Otto betastete das Mauerwerk. In diesem Teil der Festung war offenbar mit einfachem Beton gearbeitet worden. Kein Aluminium weit und breit, um die Geister in Schach zu halten. Wahrscheinlich befand sich hier der Verwaltungsbereich.

»Ich verziehe mich jetzt mal auf die andere Seite der

Burg«, verkündete Harold im Flüsterton, obwohl Donahue ihn ohnehin nicht hören konnte. »Dort habe ich eine Stelle entdeckt, an der man das Knall-O-Mit hervorragend platzieren kann.« Er rieb sich die Hände. »Kommst du klar?«

»Es wird schon klappen«, wisperte Otto zurück und sah zu, wie Harold sich entfernte. Was blieb, war ein mulmiges Bauchgefühl. Mit Harold an seiner Seite hätte Otto sich sicherer gefühlt.

»Mit wem redest du da? Los, rein mit dir«, befahl Donahue. Otto gehorchte und Bleus Assistent ließ die Tür hinter ihnen ins Schoss fallen. »Los, die Treppen rauf. Du gehst voran.«

Otto blickte nach oben. Über seinem Kopf wand sich eine mächtige Wendeltreppe, bis zu deren Ende er nicht sehen konnte. Sie schien irgendwo in der Dunkelheit zu verschwinden. Ein Schauer lief Otto über den Rücken.

»Mach schneller. Ich hab nicht ewig Zeit«, stöhnte Donahue. Mühsam schleppte er sein stattliches Gewicht hinter Otto die Treppe empor.

Oben angelangt entdeckte Otto ein offenes Fenster in der Wand. Der Wind pfiff ihm um die Ohren, während er die Sirenen eines weit entfernten Rettungswagens ausmachen konnte. Sie waren verdammt weit oben. Das hier musste der höchste Punkt der Festung sein.

Nach unten wollte er gar nicht erst blicken. Ihm schlotterten vor Aufregung ohnehin schon die Knie, schwindelerregende Höhen hin oder her.

»Hier entlang.« Donahue packte Otto an der Schulter und schob ihn auf eine schwere Tür zu. Otto konnte einen Lichtschein durch den Türspalt schimmern sehen.

Donahue presste sich an Otto vorbei und polterte mit seinen Fäusten an die Tür.

»Ich bringe den Jungen, Chef«, rief er. Er sah Otto an. »Er hat uns den fetten Geist zurückgebracht.« Dann drückte er die Klinke herunter.

Bleus Kontrollraum

Unsanft stieß Donahue Otto über die Türschwelle in das Turmzimmer, direkt vor die Füße von Philippe Bleu.

»Wie schön, Otto ist hier«, lachte Bleu, als hätte er ihn bereits erwartet. Der Wind blies durch das offene Fenster und ließ Bleus Haare zu Berge stehen, während seine blauen Augen bedrohlich funkelten. »Heute habe ich eine Überraschung für dich, junger Freund. Bestimmt findest du es mächtig spannend, mal hinter die Kulissen eines Vergnügungsparks blicken zu dürfen?«, fragte er freundlich, als hätte er sich plötzlich wieder in den lockeren, kinderlieben Geschäftsmann vom Tag ihrer ersten Begegnung verwandelt. »Du befindest dich hier im Kontrollraum von Scaryland.«

Otto sah sich um. Das runde, karge Turmzimmer

sah aus wie die Kommandobrücke eines Raumschiffs. Blinkende Knöpfe, Hebel und Bildschirme reihten sich aneinander. Einige davon zeigten Aufnahmen der leeren nächtlichen Straßen von Scaryland.

»Ganz Scaryland ist videoüberwacht«, erklärte Bleu. »Über hundert Mitarbeiter sorgen dafür, dass jedes noch so kleine Zahnrädchen in der Maschinerie funktioniert.« Er drückte ein paar bunte Tasten, bis ein Videoausschnitt von Otto erschien, wie er noch vor wenigen Minuten Donahue über die Hauptstraße von Scaryland gefolgt war.

Harold, der in einigem Abstand hinter ihnen hergegangen war, war nicht darauf zu erkennen. Zum Glück.

Inzwischen befand er sich hoffentlich an einer Seitenmauer, wo er das geklaute Knall-O-Mit positionierte.

»Wo haben Sie Emily hingebracht?«, drängte Otto. Bleu konnte ihn mit seiner gönnerhaften Fassade nicht täuschen. Dieser Typ war eindeutig nicht ganz dicht. Wer weiß, was ihm noch alles einfiel. Otto wollte die Übergabe lieber so schnell wie möglich hinter sich bringen. »Ich habe wie vereinbart den Staubsaugerbeutel mit Sir Tony mitgebracht. Also sagen Sie schon, wo steckt Emily?«

»Ach so. Emily, ja klar!«, seufzte Bleu, als hätte er vor lauter Begeisterung für Scaryland seine Geisel vergessen. Er ließ von seinem Kontrollpult ab, ging zur anderen Seite des Turmzimmers und steckte einen Schlüssel in eine bleierne Tür. Hinter ihr lag eine winzige Technikkammer, bis zur Decke vollgestopft mit blinkenden Armaturen. Auf dem Fußboden zusammengekauert saß Emily.

»Emily!«, rief Otto und machte einen großen Schritt auf die Technikkammer zu. Bleu hatte Emily gefesselt und geknebelt. Ihr struppiges Haar stand in alle Richtungen ab und sie sah alles andere als glücklich aus. Otto hatte plötzlich einen dicken Kloß im Hals. Hatte er etwa erwartet, dass Bleu seine Geisel nett und zuvorkommend behandeln würde? Nicht auszudenken, wie sehr sie sich gefürchtet haben musste! Bleu war vollkommen wahnsinnig und gehörte schleunigst hinter Gitter, so viel stand fest.

»Nicht so schnell, junger Freund.« Bleu wirbelte herum und versperrte Otto den Weg. Voller Entsetzen sah Otto, dass eine Waffe in seinem Hosenbund steckte. »Erst muss ich sicherstellen, dass sich in diesem Beutel tatsächlich der geklaute Geist befindet.«

Bleu starrte mit zusammengekniffenen Augen auf

den Staubsaugerbeutel, dann blickte er zu Donahue, der bloß mit den Schultern zuckte.

»Du sagst also, dein Geist steckt hier drinnen?«, erkundigte sich Bleu skeptisch. »In diesem Staubsaugerbeutel?«

Otto nickte. Er fühlte eine Welle der Erleichterung in sich aufsteigen. Wie es schien, konnte Bleu keine Geister sehen. Er würde also nicht merken, ob Otto ihm tatsächlich einen echten Geist überreicht hatte. Oder erst, wenn es zu spät war.

Bleu wackelte mit dem Kopf, als traue er Otto nicht über den Weg. »Wer sagt mir, dass du mich nicht übers Ohr hauen willst?« Er kam bedrohlich nahe und starrte auf ihn herab. »Ich schätze, wir brauchen jemanden, der die Sache etwas besser beurteilen kann.« Er packte Otto fest am Handgelenk und zog ihn zu sich. »Und bis dahin werde ich dafür sorgen, dass du nicht einfach verschwindest.«

Augenblicklich löste sich Ottos Erleichterung in Luft auf.

»Lassen Sie mich los!«, schrie er panisch. Sein Herz klopfte bis zum Hals. Er versuchte, sich aus Bleus Griff zu befreien, doch im nächsten Moment war auch schon Donahue zur Stelle. Mit seinen schweißigen Händen ergriff er Ottos anderen Arm und drückte ihn unsanft in die Ecke.

In diesem Moment schoss Vincent aus Ottos Rucksack und rotierte um Bleus Kopf. In einem Höllentempo segelte er durch den Raum, dicht an Bleus und Donahues Gesichtern vorbei.

»*Mince!*«, kreischte Bleu jetzt, der vor Aufregung wieder in seine französische Muttersprache verfallen war. »Wo kommt die verdammte Fledermaus 'er? Verschwinde, du kleiner widerlischer Blutsauger!« Bleu zog einen Aktenordner aus dem Regal und drückte ihn seinem Assistenten in die Hand. »Schlag sie damit tot, Donahue!«

»Mich töten? Was fällt Ihnen ein?«, empörte sich Vincent. »Reicht es Ihnen nicht, dass Sie Geister quälen? Müssen Sie jetzt auch noch bei Kindern und Fledermäusen Gewalt anwenden? Otto ist mein Freund, Sie Dreckskerl!«

»Wer sagt das? Wer spricht da?« Bleu griff sich an die Schläfen, als wäre ihm für einen klitzekleinen Moment lang schwindlig geworden. »Kann dieses Vieh etwa reden?« Er weitete verblüfft die Augen. »Donahue, fang sie ein! Das wäre eine tolle neue Attraktion für den Park.«

Jetzt oder nie. Geistesgegenwärtig sprang Otto auf, stürmte auf Emily zu und machte sich an ihren Fesseln zu schaffen. Zuerst lockerte er den Knoten und zog Emilys rechtes Handgelenk vorsichtig durch die Schlaufe, dann nahm er ihr das Tuch aus dem Mund und half ihr auf die Beine. Emilys Knie wackelten und sie drohte, unter seinem Griff zusammenzubrechen.

»Geht's dir gut?«, fragte Otto. Als Emily nickte, zog er sie in Richtung Tür. »Komm, wir müssen hier raus. Schnell. Solange Vincent es noch schafft, die beiden abzulenken. Denn sonst – «

»Auuuu!« Vincents Quieken unterbrach Otto mitten im Satz. Donahue hatte die Fledermaus mit dem Ordner erwischt. Vincent wurde durch den Raum geschleudert und flog in hohem Bogen durch das offene Fenster nach draußen.

»Vincent!«, rief Otto aufgeregt. Hatte er sich verletzt?

»Nischt töten, du dämlischer Idiot!«, schimpfte Bleu. »Isch sagte, du sollst die Fledermaus einfangen. *Merde!*« Bleu stampfte auf, dann glitt sein Blick zu Otto und Emily und seine Augen weiteten sich überrascht. »Schnell. Die Kinder wollen abhauen!«

Donahue knallte die Tür ins Schloss, presste sich dagegen und funkelte Otto und Emily an. Der Fluchtweg war versperrt. Gegen diesen wuchtigen Kerl hatten sie nicht den Hauch einer Chance.

Otto fuhr herum. Hinter ihm hatte sich Bleu aufgebaut.

»Wo wollt ihr denn hin?«, grinste er. »Unsere Führung ist noch nicht zu Ende.«

Langsam reichte es Otto. Er fühlte, wie sein Herz gegen seine Brust hämmerte. »Wir haben keine Lust mehr auf Ihren dämlichen Park«, rief er.

»Ihr könnt noch nicht gehen.« Bleu schwenkte den Staubsaugerbeutel in seiner Hand. Seine weißen Zähne glänzten im Halbdunkel. »Mortimer muss doch noch feststellen, ob sich ein echter Geist in dem Beutel befindet. Er drückte sein Ohr an den Beutel, als wollte er lauschen.

Emily runzelte die Stirn. »Wer ist Mortimer?«

Bleu blickte zur Decke. »Er ist, na ja – « Bleu stockte und spähte aus dem Fenster. »Oh, wie nett. Mortimer ist schon da.«

Otto wagte einen Schritt zur Seite und sah aus dem Fenster. Neben dem Kontrollturm hatte ein polierter Geländewagen mit riesigen Reifen geparkt. Auf der geräumigen Ladefläche stapelten sich glühende Gurkengläser und auf der Motorhaube prangten drei fette Buchstaben: SBI.

Ach du dickes Ei. Das konnte doch nicht wahr sein! Mortimer war ein Sensenmann! Bleu steckte mit einem von Harolds Kollegen unter einer Decke!

Tausend Gedanken wirbelten gleichzeitig durch Ottos Kopf, doch er bekam nur einen zu fassen: Harold würde ausflippen, wenn er mitbekam, was für ein tolles Auto sein Kollege Mortimer fuhr.

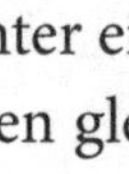

Der große Knall

Otto konnte nicht anders, er musste diesen Mortimer einfach anstarren. Der Sensenmann überragte Harold um einen guten Meter und wirkte auch viel breiter und düsterer als Ottos Kumpel. Seine Kapuze hatte er tief in die Stirn gezogen und die schwarze Kutte fest um seine Knochen gebunden. Anders als Harold trug er keine Turnschuhe, sondern schwarze Lederstiefel. In seiner glänzenden Sense spiegelte sich der Vollmond.

Bei dem Gedanken, dass er an jenem Abend Mortimer anstelle von Harold in Tante Sharons Salon hätte treffen können, wurde Otto ganz anders.

»Mortimer!« Bleu griff nach dem Staubsaugerbeutel und reichte ihn dem Sensenmann. »Mein junger Freund Otto hat den geklauten Geist zurückgebracht.

Wärst du so freundlich, den Beutel zurück in den Festsaal zu bringen? Dort kannst du Sir Tony ja dann freilassen.«

Der Sensenmann schnaubte. »Nicht notwendig.« Mortimers Stimme klang kehlig, wie die eines Kettenrauchers. Er machte sich nicht mal die Mühe, den Beutel genauer zu inspizieren. »Der Beutel ist leer.«

Otto fluchte innerlich. Sicher würde Bleu jeden Moment ausrasten.

Doch Bleu atmete nur tief ein und schwieg. Sein Blick war eiskalt und eine tiefe Stirnfalte trat hervor. Langsam und bedächtig glitt seine Hand unter sein Jacket zu seinem Hosenbund, wo eine schwarz glänzende Pistole steckte.

Otto vergaß zu atmen und zog Emily fester an sich.

Das war es also. Der Plan mit dem Staubsaugerbeutel war gründlich schiefgegangen. Dabei hatte doch alles so vielversprechend begonnen. Wenn Mortimer nicht aufgetaucht wäre und Ottos Bluff zerstört hätte, wäre Emily längst in Sicherheit. Würde Bleu sie jetzt beide erschießen?

Doch dann ließ Bleu von der Waffe ab. Ihm schien ein Gedanke zu kommen. »Wo befindet sich der Geist jetzt?«, fragte er Otto und zeigte wieder den Ansatz eines Lächelns. »Wo hast du ihn hingebracht?«

Obwohl ihm beim Anblick der Waffe die Knie schlotterten, bemühte Otto sich, gefasst zu klingen. »Er ist nicht hier«, brachte er hervor. »Sir Tony befindet sich in Sicherheit. Und nichts und niemand wird ihn jemals wieder in diese Festung bringen.«

Bleu schwieg und funkelte Otto wütend an. Dann wandte er sich ab und sah auffordernd zu Mortimer hinüber.

Der Sensenmann lachte. »In Sicherheit? Na, das werden wir ja noch sehen!«, dröhnte er. »Bleu, wir haben vereinbart, dass ich Ihnen helfe, alle Geister in die Festung zu bringen, und ich werde diesen Auftrag ausführen. Ich fahre jetzt zum Radieschenweg und sehe nach, ob ich diesen Sir Tony dort aufspüren kann.« Der Sensenmann drehte sich um. »Ich bin in wenigen Minuten zurück. Und dann können Sie Ihren Teil unserer Abmachung einlösen.« Er lachte dröhnend.

Eine Abmachung! Endlich ging Otto ein Licht auf. Philippe Bleu hatte sich offensichtlich mit diesem Mortimer verbündet und ihm befohlen, Geister für ihn einzusammeln. Doch warum in aller Welt gehorchte Mortimer Bleu? Der Sensenmann wirkte nicht unbedingt wie einer von seinen Handlangern. Was bekam er von Bleu im Gegenzug?

In diesem Moment packte Bleu Otto am Handgelenk und riss ihn unsanft aus seinen Überlegungen. »Ich hoffe inständig für euch, dass Mortimer Sir Tony findet«, zischte er durch seine zusammengepressten Zähne hindurch. »Denn sonst könnt ihr euch jetzt schon mal auf die Zeit hier in der Festung freuen, Kinder. Und die könnte unter Umständen … ganz schön lang werden!«

Otto schluckte. Hoffentlich war Sir Tony clever genug und hatte sich ein Versteck gesucht, wo ihn der Sensenmann nicht so leicht finden konnte. Bei Molly in der Waschmaschine. Oder im Mülleimer.

»In der Zwischenzeit sorge ich dafür, dass ihr nicht einfach davonlaufen könnt.« Bleu öffnete die Tür zum Technikraum. »Da rein mit euch!«, befahl er.

Widerstand war zwecklos. Bleu trug eine Waffe und Donahue hatte sich wie ein Fels vor der Tür aufgebaut. Von Harold war nirgends etwas zu sehen. Otto ging voran in die Kammer. Als Bleu hinter ihnen die schwere Tür ins Schloss warf, zuckte Emily zusammen. Danach herrschte Stille.

»Was … was sollen wir jetzt machen, Otto?«, flüsterte Emily und blickte zu ihm hoch. Bis auf die abwechselnd blinkenden Lichter der elektronischen Geräte war es in der winzigen Kammer stockdunkel. »Wusstest du, dass Bleu und dieser fremde Sensenmann gemeinsame Sache machen?«

Otto schüttelte den Kopf. »Natürlich nicht. Aber die beiden haben von einer Abmachung geredet. Mortimer hat Bleu offensichtlich dabei geholfen, die Geister zu besorgen. Ich frage mich nur, was ihm Bleu dafür angeboten hat.«

»Hmm …« Emily überlegte. »Hat Harold nicht mal davon gesprochen, dass es eine Strafe ist, als Sensenmann zu arbeiten? Eine Strafe, die nur aufgehoben werden kann …«

»Wenn man jemanden findet, der den Job freiwillig übernimmt«, ergänzte Otto. Seine Augen wurden groß. »Das ist es! Bleu muss Mortimer angeboten haben, an seiner Stelle als Sensenmann zu arbeiten.«

Emily nickte langsam. »Wahnsinn. Ich hätte nie gedacht, dass jemand so weit geht.« Plötzlich schien ihr etwas einzufallen und sie schaute Otto alarmiert an. »Und … was passiert, wenn Mortimer Sir Tony nicht finden kann?«, flüsterte sie und drehte nervös eine Haarsträhne zwischen ihren Fingern. »Was wird dann aus uns? Ich hab doch noch so viel vor. Wenn ich groß bin, will ich an ein gutes College und dort Physik studieren. Und endlich beweisen, dass es Geister gibt. Stell dir nur mal vor, vielleicht bekomme ich dafür sogar eines Tages den Nobelpreis verliehen. Ich habe sogar schon einen Platz in meinem Regal frei geräumt.«

»Wir kommen hier schon irgendwie raus«, sagte Otto, obwohl ihm ziemlich mulmig war. Emily so unsicher zu sehen, war er gar nicht gewohnt.

»Ich hoffe es. Immerhin hast du nächste Woche Geburtstag. Und den würde ich ganz gerne noch erleben. Ich hab ein super Geschenk für dich.« Sie lächelte tapfer.

»Wenn wir es in die Freiheit schaffen, schmeiße ich eine tolle Geburtstagsparty, versprochen.« Otto legte den Arm um sie. »Außerdem ist noch längst nicht alles verloren. Es gibt ja noch Harold. Er wird uns retten.«

Emily verdrehte die Augen. »Na toll. Ob wir überleben, hängt also von einem fünfhundertsiebenundfünzig Jahre alten, schusseligen Sensenmann ab. Großartig.«

Otto seufzte. Er wollte gerade etwas erwidern, da öffnete sich die Tür zur Kammer mit einem Quietschen. Das Licht der flackernden Deckenlampe fiel herein.

»Wir haben den Geist«, verkündete Bleu stolz und hielt den Staubbeutel wie einen Pokal hoch. »Mortimer sagt, der Fettwanst hat nicht groß Widerstand geleistet. Dank seines Asthmas war es ziemlich einfach, ihn zu überwältigen.« Er lachte hämisch.

Otto rappelte sich auf. Sein Blick fiel erst auf Mortimer, der zufrieden in der Ecke lehnte, dann wanderte er wieder zurück zu dem Beutel in Bleus Händen. Er war nicht länger leer. Otto nahm ein Zucken wahr, außerdem hörte er aus dem Inneren die dumpfe Stimme von Sir Tony.

»Mortimer hat Tony geschnappt«, flüsterte Otto in Emilys Ohr, ohne dabei den Beutel aus den Augen zu lassen. »Nun muss Bleu uns nach Hause gehen lassen. Das war Teil der Vereinbarung.«

»Und was wird aus Tony?«, erkundigte sich Emily.

Otto seufzte. »Im Moment können wir nichts für ihn tun. Es ist wichtig, dass wir uns selbst in Sicherheit bringen. Danach beratschlagen wir, wie wir Tony zurückholen. Keine Sorge, wir lassen ihn nicht im Stich.«

Emily nickte ernst.

Schließlich straffte Otto die Schultern und machte einen Schritt aus der Kammer auf Bleu zu. »Sie haben, was Sie wollen. Lassen Sie uns gehen, Mr Bleu«, forderte er ihn auf.

Für einen Moment überlegte Bleu, dann machte er eine wegwerfende Handbewegung. »Stimmt, ich habe das, was ich will. Na fein, ihr könnt gehen.« Er hob die Schultern. »Ihr beide könnt mir sowieso nichts anhaben. Es hat keinen Sinn, bei der Polizei zu petzen. Ich bin vollkommen unschuldig«, behauptete er und zwinkerte Otto zu.

Otto fühlte die Wut in sich aufsteigen. »Unschuldig?« Er glaubte, sich verhört zu haben. »Sie haben Geister entführt und halten sie hier im Vergnügungspark gewaltsam fest! Haben Sie das etwa vergessen?«

»Mein Junge.« Bleu kicherte. »Hat dich dein erster

Besuch in diesem Park denn nicht gelehrt, dass dir niemand glaubt?« Er zwinkerte ihm zu. »Geister sind ein Produkt deiner Fantasie.«

»Darf ich auch was sagen?«, mischte sich Donahue ein und hob den Finger.

»Was denn?«, zischte Bleu ungehalten.

»Sie haben Emily entführt, Chef. Emily ist ein Mensch. Und über deren Existenz lässt sich nicht streiten.« Donahue nickte überzeugt. »Die beiden könnten wirklich zur Polizei gehen. Und dann geht es uns beiden an den Kragen.«

Bleu zögerte. Dann zuckte er zurück, als hätte er Donahues Argument zum ersten Mal Beachtung geschenkt. Bleus Assistent war offensichtlich doch nicht so dumm, wie er aussah.

»*Mon Dieu!*«, stieß Bleu schließlich hervor. »Das stimmt. Die beiden haben sogar Beweise. Den Brief mit deinen vielen dämlichen Rechtschreibfehlern, Donahue!«

Otto bemerkte aus den Augenwinkeln, wie Donahues dicke Wangen immer röter wurden. »Chef, ich … ich bin doch nach der zweiten Klasse von der Schule abgegangen«, rechtfertigte er sich. »Meine Eltern sind so oft umgezogen und deshalb –«

»Ruhe, Dummkopf«, fuhr Bleu dazwischen. Jede Verunsicherung war aus seiner Stimme gewichen. »Dann müssen wir eben dafür sorgen, dass niemand die beiden je wieder zu Gesicht bekommt. Und ich weiß auch schon, wie wir das anstellen.« Er zog seine Waffe und richtete ihren Lauf auf Otto und Emily. »Mortimer ist hier. Also kann ich euch beide getrost umbringen. Ihr werdet in zwei hübsche Gurkengläser verpackt und landet im Jenseits.«

»Was?«, stieß Otto hervor. Er spürte, wie seine Knie plötzlich nachgaben. Tränen sammelten sich in seinen Augenwinkeln. »Aber … das … war nicht Teil der Abmachung.«

»Unsere Eltern werden Fragen stellen«, behauptete Emily und ließ die Pistole nicht aus den Augen. Ihre Hand suchte Ottos und drückte sie fest.

»Fragen? Mag sein. Aber nicht an mich.« Bleu grinste schief, während er die schwarze glänzende Pistole entsicherte. »Eure Eltern werden glauben, ihr wärt von zu Hause weggelaufen und man wird eure Bilder auf Milchkartons drukken. Das passiert doch ständig, nicht wahr?«

»Chef«, warf nun auch Donahue ein und hielt die Hände abwehrend vor seinen Körper. Sein pausbackiges Gesicht glühte vor Aufregung. »Nehmen Sie die Waffe runter. Das hier geht zu weit. Das sind doch nur Kinder.« Wütend wandte er sich an Mortimer, der tatenlos aus der Ecke zusah. »Mr … Mr Mortimer, oder wie auch immer Sie heißen. Können Sie … Sie denn nichts tun?«

Mortimer schwieg und senkte den Kopf. »Wir holen Seelen nur ab«, erklärte er mit ruhiger Stimme. »Was die Menschen tun, liegt außerhalb unserer Macht.«

Otto seufzte. Na toll. Harold hatte das Gleiche behauptet. Sterben mussten die Menschen schon selber, darauf hatten die Sensenmänner keinen Einfluss.

»Genug jetzt. Zählt bis drei.« Bleu richtete die Pistole auf Otto. Das Mondlicht von draußen schien in sein Gesicht und ließ es unheilvoll leuchten. »Es geht ganz schnell, versprochen.«

Otto hielt die Luft an und schickte ein Stoßgebet in den Himmel. Er brauchte Hilfe. Jemand musste ihn retten. Wo war Harold? Wo war Tante Sharon? Wenn doch nur jemand –

Ein ohrenbetäubender Knall riss Otto aus seinen Gedanken. Im selben Moment brachte eine unsichtbare Kraft den Raum zum Beben. Die Wucht katapultierte Otto und Emily rückwärts auf den harten Steinboden.

Autsch! Verdutzt rieb Otto seinen Hinterkopf und blickte hoch. Was war das? Hatte Bleu abgedrückt? Aber das konnte doch gar nicht sein … Bis auf die Beule fühlte Otto keinen Schmerz. Er blickte zu Emily, doch auch sie schien wohlauf zu sein.

»Ein Erdbeben!«, schrie Donahue panisch und klammerte sich an einen hölzernen Aktenschrank im Eck.

»Was zur –«, fluchte jetzt auch Bleu und taumelte rückwärts, die Waffe geradeaus in die Luft gestreckt. Er ruderte mit den Armen und versuchte, irgendwo Halt zu finden. Dabei verlor er die Waffe. Sie fiel krachend auf den Boden, während Bleu sich verzweifelt am Fensterrahmen festklammerte.

»Was ist das?«, schrie Emily und drückte sich in eine Ecke, als eine weitere Erschütterung den Turm zum Zittern brachte.

»Explosionen! Das Knall-O-Mit«, kombinierte Otto. »Harold!«

Dann geschah alles ganz schnell. In Mortimer kam plötzlich Leben. Er sauste durch den Raum und richtete seine Sense auf Bleu. Ein Blitz schoss aus der silbernen Klinge, Bleu schrie, verlor das Gleichgewicht und kippte rücklings aus dem Fenster.

»Chef!«, brüllte Donahue, rannte zum Fenster und blickte in die Tiefe. Otto und Emily folgten ihm.

Doch Bleu war nicht bis zum Boden gestürzt. Kaum einen Meter unterhalb des Fensters hatte er sich an einen Mauervorsprung geklammert.

Erstaunt musterte Otto Mortimer. War es nun die Wucht der Explosion oder etwa Magie gewesen, die

Bleu aufgehalten hatte? Hatte Mortimer Otto und Emily etwa gerettet?

»*Merde!* So ein Mist!«, fluchte Bleu auf Französisch. »Mortimer, holen Sie mich hoch.« Er schnaubte. »Ich … ich könnte … mich am Stiel Ihrer Sense festklammern.«

»Einen Moment.« Mortimer sprach ruhig und bedächtig. »Erst hören Sie mir zu, Bleu. Der letzte Geist Sir Tony ist wieder zurück. Nun befinden sich all Ihre Geister wieder in der Festung. Es ist Zeit, Ihr Versprechen einzulösen. Zeit, einer von uns zu werden.«

Bleu verzog das Gesicht. Bröckelnder Putz rieselte in seine Augen. »Ich habe nichts unterschrieben«, verteidigte er sich. Er stöhnte vor Anstrengung. »Ich will kein Sensenmann werden. Nicht jetzt, wo ich den besten Vergnügungspark der Welt –« Bleus Finger verkrampften sich. Schon begann er, den Halt zu verlieren. »Aaah … ziehen Sie mich hoch! Dann können wir in Ruhe darüber reden.«

»Chef, der Vergnügungspark liegt in Schutt und Asche«, klärte ihn Donahue auf. »Die Explosion vorhin …« Donahue wischte sich über die schweißige Stirn. »Die Festung ist bloß noch eine Ruine.«

Jetzt erst bemerkte Otto einen beißenden Schwefelgeruch, der sich seinen Weg in den Turm gebahnt hatte. Er jubelte innerlich. Harold hatte es geschafft! Er hatte zwar ganz offensichtlich mehr als nur ein kleines Loch in die Festung gesprengt, aber was machte das schon aus? Das bedeutete, dass Bert und die anderen gefangenen Geister wieder frei waren! Und da sollte noch mal jemand behaupten, Harold wäre stinkfaul.

»Kommen Sie schon, Bleu«, drängte Mortimer und hielt ihm den Stiel der Sense hin, so weit, dass Bleu ihn zwar erkennen, aber nicht danach greifen konnte. »Wenn Sie kein Sensenmann werden, fallen Sie da runter. Und eins kann ich Ihnen sagen: Ihre Seele werde ich nicht in ein Glas stecken. Dann dürfen Sie bis in alle Ewigkeit in Ihrer eigenen verkohlten Festung spuken.«

»O…okay, okay! Wir machen den Deal.« Bleu streckte sich nach dem Stiel und klammerte sich daran fest. Stück für Stück zog Mortimer ihn nach oben.

Als Bleu wieder Boden unter den Füßen hatte, zückte Mortimer seine Sense und drängte ihn damit in eine Ecke.

»Zeit, abzurechnen«, verkündete er. Es klang nicht so, als würde er sich auf lange Diskussionen einlassen.

Zu gerne hätte Otto mitbekommen, wie Mortimer Bleu in einen Sensenmann verwandelte. Doch Donahue griff nach Ottos und Emilys Händen und zog die beiden aus dem Turmzimmer.

»Kinder, es tut mir leid. Ich wusste nicht, wie irre mein Chef wirklich ist.« Er warf ihnen einen entschuldigenden Blick zu. »Anfangs fand ich ihn eigentlich ganz sympathisch. Und die Bezahlung war auch in Ordnung.«

Emily atmete tief durch. Sie schlotterte vor Kälte und Aufregung. »Um ein Haar wäre die Sache böse ausgegangen.«

»Ich weiß.« Donahue senkte den Kopf. »Ich werde dafür sorgen, dass auch euer Freund Sir Tony wieder freigelassen wird.«

»Und was wird jetzt aus Ihnen?«, erkundigte sich Otto.

Donahue zuckte mit den Achseln. »Vielleicht gehe ich ins Ausland, hole meinen Abschluss nach und werde Staubsaugervertreter.« Er machte kehrt und steuerte die Tür zum Kontrollraum an. »Alles Gute, Kinder.«

Als Donahue verschwunden war, zog Otto Emily in Richtung Ausgang. »Komm, Em! Ich will sehen, ob die Geister es in die Freiheit geschafft haben. Und wo Harold steckt. Immer der Nase nach!« Otto ging voran und sie liefen gemeinsam die Treppe hinab, bis sie die Tür erreichten, durch die sie hereingekommen waren. Mit jeder der unzähligen Treppenstufen wurde der Schwefelgeruch intensiver.

Draußen traute Otto seinen Augen nicht. Der gesamte Seitentrakt der Festung lag in Trümmern, außerdem klaffte im Dach ein riesiges Loch. Felsbrocken und Überreste der eingestürzten Türme lagen verstreut im Gras.

»Igitt.« Emily hielt sich die Nase zu. Hier unten stank es wie auf einer Mülldeponie, vermischt mit einer kräftigen Prise Schwefel. »Was riecht denn hier so grauenvoll?«

»Das Knall-O-Mit. Dr. Parker meinte, das Zeug sei höchst wirksam. Nur der Gestank ist erbärmlich.«

»Verdammtes Knall-O-Mit«, fluchte jemand ganz in ihrer Nähe. »Meine Kutte! Meine Kutte brennt. Kann mal jemand einen Eimer Wasser holen?«

Otto spähte angestrengt in die Dunkelheit. »Harold?! Wo steckst du?« Er lief auf die Stimme zu. Wenige Meter entfernt wälzte sich Harold im Gras. Der Saum seiner Kutte hatte Feuer gefangen und glühte in der Dunkelheit wie ein riesiger Zigarettenstummel.

»Mein Gott, ist der Sensenmann dämlich.« Vincent hockte auf einem Felsbrocken, der im Mondlicht glitzerte, und grinste bis zu den Ohren. Er hatte eine Beule am Kopf, ansonsten schien er den Sturz aus dem Turm gut überstanden zu haben.

»Hier.« Emily zog ihre Rüschenweste aus und warf sie auf die brennende Kutte. Das Feuer war gelöscht.

»Danke.« Harold rappelte sich hoch. Der gesamte Saum seiner Kutte war angekokelt, am Rücken hatte sich ein riesiges Loch in den Stoff gebrannt. »Ich fürchte, ich habe doch etwas zu viel Knall-O-Mit erwischt.«

»In der Tat.« Otto betrachtete die Überreste der Burg hinter sich. Aus allen Richtungen erhoben sich Geister in die Lüfte und verschwanden im Dunkel. »Aber die Geister sind nun allesamt in Freiheit.« Er lächelte.

Harold klopfte sich selbst auf die Schulter. »Ich mache nun mal keine halben Sachen«, grinste er. Dann betrachtete er seine ramponierten Klamotten. »Nur die Kutte werden sie mir vom Lohn abziehen.« Er schnaubte. »Dann muss ich wieder Überstunden schieben.«

»Keine Sorge. Ich kann gut nähen und hab noch ein paar von Omas Spitzenstoffresten auf dem Dachboden«, bot Emily an. »Damit stopfe ich dir die Löcher.«

»Nö, danke«, wehrte Harold ab. »Ich entscheide mich für die Überstunden. Gestorben wird ja schließlich immer.«

Stans Trauma

Stan schob sich die letzten Brösel aus der Chipstüte in den Mund, deren Inhalt er ganz alleine verputzt hatte. »Mann, Otto«, nörgelte er. »Deine Pyjamaparty ist megalahm. Hast du in deinem Zimmer keine Glotze, auf der ich Fußball gucken kann? Heute Nacht läuft ein Endspiel.«

Otto schüttelte den Kopf. »Tante Sharon findet Fernsehen leider ziemlich uncool. Im Salon steht ein alter Röhrenfernseher, aber der flimmert bei Schlechtwetter. Oder wenn eine Taube auf der Antenne sitzt.« Das Gleiche galt auch für vorlaute sprechende Fledermäuse. Aber das behielt Otto lieber für sich.

»Ein Leben wie im vorigen Jahrhundert.« Stan stöhnte theatralisch und ließ sich auf Ottos Bett fallen. »Und auch sonst gibt's hier keine Technik bei dir im

Haus. Ich habe extra *Extinctor 3000* mitgenommen, das ist das coolste Videospiel auf diesem Planeten. Und du hast nicht mal einen eigenen Computer!«

Otto seufzte. Das war mal wieder typisch Stan. Wenn Otto es auf einen Streit angelegt hätte, wäre ihm ganz sicher ein garstiger Kommentar zu Stans peinlichem Power-Rangers-Pyjama eingefallen. Aber er wollte die Party nicht verderben. Schließlich wurde man nur einmal zwölf.

Emily boxte Stan gegen die Schulter. »Jetzt reicht es aber, Stan! Ich finde Ottos Party spitze. Wenn dir langweilig ist, nimm dir doch etwas Kirschkuchen.« Sie zwinkerte ihm zu. »Den habe ich selbst gebacken.«

Stan schnitt eine Grimasse. »Deine schimmligen Kirschkerne kannst du behalten, Emily.« Trotzig verschränkte er die Arme. »Nachdem Otto in Scaryland so große Töne gespuckt hat, hätte ich hier in dieser alten Villa zumindest ein paar Geister erwartet.«

Otto hob die Schultern. »Sorry, Stan«, meinte er. Heute war ihm nicht danach, Stan anzuflunkern. Sollte der doch denken, was er wollte. »Meine Geister haben heute keine Lust auf Menschen. Zwei von ihnen sind erst kürzlich entführt worden, deshalb haben sich alle in einer geheimen Kammer verschanzt, die meinem schrägen, aber leider toten Onkel Archibald gehört hat.«

»Entführt? Geheime Kammer? Ja, klar!« Stan hielt alles für einen Scherz und klopfte Otto etwas zu fest auf die Schultern. »Otto, du bist echt ein Spinner.«

Sir Tony, Bert und Molly waren tatsächlich nicht sonderlich begeistert gewesen, als Otto ihnen von der Geburtstagsparty erzählt hatte. Der Schock der vergangenen Tage saß ihnen noch zu tief in den unsichtbaren Knochen.

Otto hatte es sich nicht nehmen lassen, den dreien jedes Detail seines Abenteuers im Kontrollturm zu erzählen. Molly war bleich wie Tante Sharons Weißwäsche geworden, als er zu der Stelle gekommen war, wo Bleu Emily und ihn mit einer Waffe bedroht hatte.

Sir Tony hatte sich inzwischen von seiner Entführung erholt. Zum Glück hatte Donahue sein Versprechen eingelöst und den Staubsaugerbeutel mit Sir Tony darin noch vorm Morgengrauen auf der Türschwelle abgesetzt.

Inzwischen war wieder so etwas wie Normalität im Radieschenweg Nummer acht eingekehrt. Bert hatte gleich heute Morgen Ottos Sandwich aus dem funkelnagelneuen Kühlschrank gemopst. Molly und Sir Tony zankten sich wie eh und je und Vincent hatte seine kurzzeitige Sorge um Otto abgelegt und verhielt sich wieder wie das biestigste Haustier, das man sich nur vorstellen konnte. Nur Tante Sharon wunderte sich über den hartnäckigen Schwefelgeruch, der auch nach zweimaligem Waschen in Ottos Klamotten haftete.

Was nun aus Philippe Bleu geworden war, wusste Otto nicht genau. Am Tag nach ihrem Abenteuer waren Emily und er an Scaryland vorbeigeradelt. Dort hatte ein großes Schild über dem Tor gehangen. Die krakelige Handschrift gehörte zweifellos Donahue:

Scaryland isst biss
auf weiteres geschlosn.

Otto durfte nicht vergessen, Harold das nächste Mal nach Bleu zu fragen. Wenn Bleu tatsächlich sein Versprechen eingelöst hatte und jetzt dem SBI angehörte, würde Harold bestimmt wissen, wie sich sein neuer Kollege so machte.

»Ich drehe gleich durch! Die vielen Uhren in diesem Haus«, stöhnte Stan in diesem Moment und griff sich an die Stirn. Während die anderen Kinder aus Ottos Klasse kicherten, in Büchern blätterten oder Torte aßen, musste Stan ständig meckern. »Wie hältst du das bloß aus, Otto? Zu jeder vollen Stunde ist es hier lauter als am Zentralbahnhof.«

Otto sah auf die Uhr. Inzwischen war es fast Mitternacht und die Pyjamaparty war in vollem Gange. Aber selbst die Musik konnte nicht übertönen, dass die vielen Uhren aus dem Salon zu jeder vollen Stunde ihren Singsang anstimmten.

»Hey, Leute!« Stan fuhr plötzlich hoch. Ein Chipskrümel fiel aus seinem Mund. »Habt ihr das eben gehört? Ich glaube, ich spinne! Eine der Uhren im Salon hat eben statt zwölf Mal genau dreizehn Mal geschlagen. Ich hab es gezählt.«

»Komm schon, Stan«, murmelte Megan, das Mathegenie der Klasse, die eben eins von Ottos Brettspielen auspackte. »Gib es zu. Du kannst nicht zählen. In Mathe warst du schon immer eine Niete.«

Emily warf Otto einen Seitenblick zu und deutete mit dem Kinn zur Tür. Otto verstand. Harold war hier!

Otto stand auf, entschuldigte sich und schlich über die Treppe in den Salon. Dort war Harold gerade dabei, glühende Gläser aufs Förderband zu stellen.

»Harold!« Otto stürmte auf ihn zu. »Du bist hier. Sag bloß, du bist wegen meiner Geburtstagsparty gekommen.«

Harold stellte das letzte Glas ab und riss die Quittung ab. »Klar. Früher, als ich noch lebte, war ich der Stargast auf allen Partys«, behauptete er und begann, mit den Hüften zu kreisen. Dabei knackten seine Knochen besorgniserregend. »Allerdings hielt ich es heute

für klüger, unsichtbar hier aufzukreuzen. Sonst bekommen deine Freunde noch Albträume.«

»Ach, einigen würde eine übersinnliche Begegnung nicht schaden«, meinte Otto und dachte dabei an Stan. »Aber Harold, bevor ich es vergesse: Ich wollte mich bei dir bedanken. Für die Hilfe mit dem Knall-O-Mit.«

Harold tätschelte Ottos Schulter. »Nicht der Rede wert. Du kannst dich bedanken, indem du mir weiterhin dabei hilfst, Gurkengläser zu schleppen. Für die nächsten …« Er schien zu rechnen. »479 Jahre. So viel Strafe hab ich nämlich noch abzuarbeiten.«

Otto setzte sich neben Harold aufs Sofa. »Mal sehen. Was ist denn nun mit Bleu passiert?«

Harold hob die Schultern. »Tja, der gute Bleu hat seinen Job als Sensenmann bereits angetreten. Nur schien er nicht sehr motiviert und außerdem hat er es sich bereits am ersten Tag mit dem Boss verscherzt.« Harold schüttelte ernst den Kopf. »Kein guter Start.«

Jahrhundertelang Gurkengläser schleppen und Seelen mit dem Schmetterlingsnetz jagen. Wäre Bleu kein gemeingefährlicher Verbrecher gewesen, hätte Otto beinahe Mitleid mit ihm gehabt.

»Denkst du, er kann mir jetzt noch etwas anhaben?«, erkundigte sich Otto. Die Vorstellung, dass sich ein unsichtbarer Bleu mit einer messerscharfen Sense in der Nachbarschaft herumtrieb, war ihm nicht geheuer.

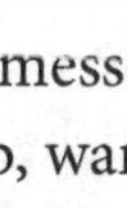

Da lachte Harold. »Nö. Weil ihn beim SBI keiner ausstehen kann, hat man ihn nach Russland versetzt«, erklärte er. »Zentralsibirien. Ohne Dienstfahrzeug.« Harold grinste hämisch. »Dort kann er nicht viel Schaden anrichten.«

»Harold, bist du das?« Emily war Otto in den Salon gefolgt. »Komm schon! Warum kann ich dich nicht sehen? Ich dachte, der Sichtbar-Modus ist Pflicht, jetzt wo wir Freunde sind.«

»Fein, fein« Harold gab sich geschlagen und beschrieb mit der Sense einen Kreis über seinem Kopf.

In diesem Moment polterte es im Obergeschoss.

»Ottoooo!«, schrie Stan, der die Treppe heruntergetrampelt kam. »Die Chips sind alle. Außerdem muss ich mal ganz dringend aufs –« Auf der letzten Stufe erstarrte er zur Salzsäule. Seine Augen wurden groß wie Untertassen. »Wa…was zur –« Er schluckte. »Wer ist das? Oder besser … *was* ist das?«

»Harold mein Name. Ich bin Sensenmann.« Harold streckte Stan seine knochige Hand entgegen. »Hole Seelen ab. Verhindere eine zu hohe Geisterpopulation in der Stadt. Das Übliche.«

Stan wagte es nicht, die Hand zu ergreifen. Er starrte Harold an wie das siebte Weltwunder. »Sensenmann? Geister?« Stan räusperte sich und rieb sich die Augen. »Bist du … du gerade vor meinen Augen aus dem Nichts erschienen?«

Emily winkte ab. »Das macht er ständig.«

Stan schwieg und starrte von Harold zu Otto, zu Emily, zurück zu Harold. Besonders lange blieb sein Blick an der glänzenden Sense hängen.

»Alles okay, Stan?«, erkundigte sich Otto. Stan sah aus, als wäre ihm plötzlich schlecht. Unruhig trat er von einem Bein aufs andere.

»Ihr seid irgendwie … total schräg«, stammelte er, dann taumelte er rückwärts in Richtung Eingangstür. »Ich … ich glaube, ich habe genug von der Party. Ich muss nach Hause.«

Mit einem Satz war Stan an der Haustür angelangt, riss sie auf und rannte wie von der Tarantel gestochen davon. Otto konnte sein Getrampel auf der menschenleeren Straße hören.

»Ähm … wollte der nicht aufs Klo?« Emily runzelte die Stirn.

Harold rollte mit den Augen. »Nicht mehr nötig, denke ich. Zum Glück hockt Vincent auf dem Dach und jagt Fliegen. Eine sprechende Fledermaus hätte Stan womöglich den Rest gegeben.«

Sonja Kaiblinger wurde 1985 in Krems geboren und wuchs in einem fast 100 Jahre alten Spukhaus auf. Jedenfalls ist sie bis heute davon überzeugt, dass dort Geister ihr Unwesen treiben – anders kann sie sich die vielen merkwürdigen Ideen nicht erklären, die sie jedes Mal hat, wenn sie sich dort aufhält. Neben dem Schreiben reitet sie gerne und sammelt leere Gurkengläser, um sie zu Wucherpreisen an Sensenmänner wie Harold zu verkaufen.

Fréderic Bertrand wurde 1981 in Minden geboren und kurz darauf von allen guten Geistern verlassen. Er spukt nun schon seit einigen Jahren durch Berlin, wo er in seiner schaurigen Atelier-Höhle zu kreischenden Orgelklängen an grauenerregenden Bildern herumkritzelt. Neben dem Zeichnen tüftelt und schraubt er gern nächtelang an rostigen Gefährten, mit denen er dann rumpelnd und qualmend auf der Jagd nach Monstern durchs nächtliche Umland kutschiert.